心 若没有 栖息的地方，到哪里都是 流浪

——万水千山的三毛

沈念 著
SHEN NIAN

青岛出版社
QINGDAO PUBLISHING HOUSE

图书在版编目（C I P）数据

心若没有栖息的地方，到哪里都是流浪 / 沈念著
. -- 青岛 : 青岛出版社，2016.6
ISBN 978-7-5552-3709-9

Ⅰ. ①心… Ⅱ. ①沈… Ⅲ. ①散文集－中国－当代
Ⅳ. ①I267

中国版本图书馆CIP数据核字(2016)第051701号

书　　名　心若没有栖息的地方，到哪里都是流浪
著　　者　沈　念
出版发行　青岛出版社
社　　址　青岛市海尔路182号（266061）
本社网址　http://www.qdpub.com
邮购电话　010-85787680-8015　13335059110
　　　　　0532-85814750（传真）　0532-68068026
责任编辑　那　耘
选题策划　郑新新
版式设计　智善天下
印　　刷　三河市南阳印刷有限公司
出版日期　2016年6月第1版　2016年6月第1次印刷
开　　本　32开（880mm×1230mm）
印　　张　8
字　　数　120千
书　　号　ISBN 978-7-5552-3709-9
定　　价　35.00元

前言：亲爱的三毛

大概是在两年前。我很想写一本关于三毛的人物传记。不为市场的跟风，不为大家口中心心念念的“流浪”之梦，我想写三毛，只是因为她活得真、活得彻底，他的生命有颜色。其实，我们都知道——无依无靠，餐风饮露，流浪这件事情怎么可能是美好的。而对三毛来说，她不但敢用生命去流浪，更有勇气亲手结束这一切。她总是在路上，尘世间的路走完了，就去走下一世。

有一段时间，为了更系统、更真实地还原三毛的一生，我买了一套十月文艺出版社出版的《三毛合集》，十一册书塞满了一个长方形的大纸盒子，我小心翼翼地打开，将每本书的塑封拆掉，极力按捺住内心的狂热与激动，把整张脸贴在了书中的某一页，然后合上眼睛，深深地吸一口气，新鲜的墨香飞到我的鼻里、骨骼里、血液里，馨香溢满心间。

我是喜爱三毛的。

三毛是真实的。小时候的她就已经是一个在性格上我行我素的女孩子，脾气古怪，主意很正。上午不想上课，下午就奔跑在了林间的小路上。她又是极其孤僻的，总是沉默寡言，不爱言语，身边固定的聊天对象不超过三个。初识文字，就如瞥见惊鸿，在爱做梦的年纪，义无反顾地迷上了文学，陶醉于纸墨之间，直至长大成熟，走遍万水千山，去寻心里的那个乌托邦之梦。

三毛是善良的。少女时代的情窦初开，令她早早尝到了相思的滋味。然而，她的爱恨又是那样有期限，来也匆匆，去也匆匆。虽钟情于毕加索、匪兵甲，却也只让他们在自己的生命里描下轻轻的一笔，留待回忆；直到她遇到真正的爱情，化作飞蛾勇敢地扑出，纵然被焚也在所不惜，一败涂地后赫然选择将自己放逐于千里之外，暗自疗伤。

遇到荷西的时候，她不顾虑对方的国籍，却顾虑着他比自己小了八岁的年纪。也是，她去过那么多的地方，哪里都是一样。滚滚红尘，她没有选择接受这份爱，而是继续放逐自己。直到归来，那个说等爱的男孩已经长成一个追爱的男人。

三毛是清新别致的。那个常年荒无人烟，连生活用品都岌岌可危的撒哈拉沙漠，却成就了她与荷西的一段神仙眷侣。婚礼是朴素的，跑了很久，终于在当地的政府走完了程序，她就算是他的了；聘礼也丝毫不华美，没有寻常女儿家的胭脂水粉，她也不喜穿金戴银，荷西送的一个死去骆驼的头骨，就令她感到满载而归。

她用质朴的文字记录下撒哈拉的生活，留下了关于那个地方的无限的回忆。

说她清新，是因为不世俗。翻翻她的文字，看看她的生活，尘世里所有的一切规矩条例，似乎都与她是不相干的，仿若她是活在与我们平行的另外一个时空里。

三毛是怪异的。她穿外形夸张的衣服，梳着有些过时的辫子。然而，不管何时看她的照片，你都会觉得，那正是三毛该有的样子。旁人这样打扮实属滑稽，三毛却穿出了自己的风格。在性情上，有人说她是文艺女青年。诚然，在她的有生之年，四分之三的时光都在流浪，她是真正地让自己活得很任性。但她离开这个世界，却也故意没有多余留下一句。或许是写了半生的文字，她已将所有想说的话说了个干干净净。

无法猜测她在荷西离去之后，是如何独自撑着熬过了剩下的岁月的。她的父亲为她的自杀感到惋惜，却不过分悲恸，他说："三毛一直相信肉体之外精神世界的存在，她一定是开始了下一世的轮回。"

这样一个传奇性的结局，似乎才是三毛这样的女子应当留给我们的震撼。

三毛是潇洒的。每当听到齐豫唱《橄榄树》和《一亩田》，都能再次感受到三毛在我的灵魂深处，幻化成风雨，坦坦荡荡地行走着。

是的，没有人比她，更适合做歌里那个热衷流浪、素心欢喜的女子了。

三毛是坚强的。虽然她以自杀的方式结束了生命。然而在这滚滚红尘里，世间有万千聪慧灵性的女子，唯独是她教会了我们要爱、要自由，做一朵用灵魂行走在尘世里的花朵。

目录

第三卷　撒哈拉的故事

第四卷　梦里花落知多少

第一卷

雨季不再来

如果你打算出去游玩，一定要去重庆看看。对我这样一个生长在距离此地几千公里以外的北方人来说，重庆就像一场永远无法企及的热梦，因此，一直以来，它在我的人生字典里，只能算作“别的地方”。

1943年，重庆，三毛的降生

如果你打算出去游玩，一定要去重庆看看。对我这样一个生长在距离此地几千公里以外的北方人来说，重庆就像一场永远无法企及的热梦，因此，一直以来，它在我的人生字典里，只能算作“别的地方”。

直到我的某位老家亲戚，因工作调动去了重庆。每逢过年再见面，他嘴里都说着一些重庆当地的话，不然就是用我们老家话一遍遍形容那里有多好。我以为他只是无心说说而已，去了外面的人都想要大家知道自己是见着了大世面，所以我对他所说的也就没放在心上。谁知又过了两年，听母亲说他居然在重庆当地买了房，并且计划着年内把全家老少都接过去，就这么在当地定居啦!

我为此感到惊讶，并且，我开始觉得，他是真正喜欢重庆那座城市了——因为，他已甘愿把余生全部交给它。

我开始努力回忆他口中的重庆，费了好半天的劲儿，拼拼凑凑，才勉强得出一段极不完整的印象，他当时好像工作在一个叫陈家坪的地方。落雨的重庆，城市是尘埃建造起的障碍物，将散落在街道的人群纷纷隔开，人们打着一把产自江淮的精致小伞，同身旁的陌生人摩肩接踵地各自赶往做工的地点，前脚踏起的灰尘又在后脚带下去，仅是低头望着伞尖垂落的雨滴，并不需将视野扩充到伞的边缘之外，你也能够知道，周围都是跟你一样晨起的奔命的人。一滴滴雨像跳“街舞”的尘沙，继续放肆地遮住人们的眼，匆匆化为脚边流淌的河。这样的场景，使我格外怀念小时候居住在老家乡下的闲暇时光，只因降落在那片土地的雨，是干净的、清洁的，人们撑起雨伞，披起蓑衣，赤起双脚，嗅起青梅，倘若此时再能来一盏淡薄的小酒，人生俨然一篇唐诗宋词。

倘若在夏天，陈家坪——这座城市中心的重要枢纽，则到处都充斥着白花花热腾腾的空气，人们支起摊位沿街叫卖，重庆人骨子里独有的热情在这片喧嚣中展露无遗。配上汽车那笨重尖锐的嘶吼，使人清醒地意识到自己所身处的这个异常博大的混沌世界。

或许，1943年的重庆，会因为当时的政治格局以及烽火硝烟的战乱环境，令这座城市失去一些市井生活的生动片段。但不管怎样，一座城市有时如同一个人，是有血有肉、有筋骨、有风格的。

1943年3月26日，我们亲爱的三毛就降生在这座城市南岸区的黄桷垭正街。

说起来，这里并不是三毛的原乡。在战争年代，为了暂时求得一段稳定，举家搬迁的实例不在少数。诸如之前我曾写过的邓丽君小姐，她出生在中国台湾省云林县，后因当时的政治格局混乱，举家迁往台东县，次年又迁移至屏东县。重庆多雾，被称为中国的“雾都”。这座城市具有三千多年的历史，旅游资源极为丰富。“物华天宝，人杰地灵”，历朝历代涌现出不少名人雅士。

1937年“七七事变”，日本侵华战争全面开启，同年11月，中华民国政府颁布《国民政府移驻重庆宣言》，定重庆为战时首都。自此，重庆成为中国抗战时期大后方的政治、军事、经济、文化中心以及抗日民族统一战线的政治舞台，更成为在国际上享有盛誉的“英雄之城”“不屈之城”。

随着重庆整座城市变得越来越繁华，新一轮的“流民潮”不知不觉到来了。国民党政府的进驻，使得陪都城内夜夜笙歌，堪比昔日秦淮。

各行各业的人员像蜂拥的蜜蜂蝴蝶，从四面八方涌往这座充满传奇的城市。三毛的父亲陈嗣庆也在其中。

陈嗣庆毕业于苏州东吴大学法律专业。在上海工作的期间，结识了三毛的母亲缪进兰。当时，缪进兰还在上高中，曾参加过学校组织的抗日救亡协会，毕业后不久就和陈嗣庆结了婚。来到重庆后，为养家糊口，陈嗣庆重拾律师的老本行，日子倒也过得简单明快。

三毛出生在3月，重庆正值早春多雾时节。虽然已经有了一个女儿，但这个女婴的到来还是令全家都很欢喜。陈嗣庆想到——

在颠沛流离之际还得到这样一个光洁可爱的婴孩儿，内心不觉对上帝充满一份感激。他与妻子都是基督教的忠实拥护者，笃信不管遭遇何种磨难，上帝都会在某个角落暗自守护着他的臣民。

眼下正值战乱，做父亲的他希望女儿一切平安，因此很痛快地为婴儿敲定了名字，“陈懋平”，一个“平”字，不但是他对女儿一生的寄愿，也是对重庆这座城市乃至中国这个国家未来命运的一种祈福。或许在那个年代，信仰支撑着很多人，度过了许多黑暗的岁月。

或许你会像我一样好奇，三毛本名中间的字读什么，为什么陈嗣庆会给女儿选这么一个复杂的字作名字？其实，懋正是家谱上三毛那一辈的排行，用这个字，无非是按照家族遗留的观念进行罢了。

四肢皮肤柔嫩、脸蛋红润的婴儿三毛，谁也不知道她日后将会长成何种模样。多年之后，她逐渐变身成为一个热衷流浪的刚毅女子，既柔软，又坚强，只身扛起“流浪家”的名牌，永远个性鲜明地傲立于关于梦想、关于放逐的文化里程碑之上。她就像重庆市的市树黄桷树一样，忍高温，耐潮湿，抗污染，具有顽强的生命力。

不知三毛与重庆黄桷垭是不是有一种命定的特殊的缘分，她是在这个地方出生的，最终又长成了黄桷树一样性格的人。自古重庆地名以黄桷冠之者众，北魏《水经注》记载：“江水又东经黄桷峡（铜锣峡）”。宋朝《图经》云：“涂山之足，有黄桷树，其下有黄桷渡”。

三毛在重庆度过了两年的时光。此时的她，完成了一个襁褓中的婴儿向这个世界摸索的第一步。两岁的三毛，咿呀学语，在大人的照看下走走停停。1945年8月，八年的抗日战争终以中国人民的胜利宣告结束。为了给一家人提供更好的生活条件，陈嗣庆也带着全家人搬到了国民党政府的所在地南京，一家人住在位于南京城鼓楼的头条巷四号——一幢宽敞的西式宅院里。当时居住在这里的，还有三毛的大伯一家——在这里，三毛度过了一段幸福的孩提时光。

蔷薇少女，脾气古怪的孩子

记得我最初知道三毛的本名时，也是看了别人写她的故事。至于为什么要把这个名字改成三毛，最初却是源于你我共有的“惰性”。长到三岁，三毛在父亲的教导下开始学习写字，最先练起的当然是自己的名字，但小孩子却怎么也写不好比画很多看上去又很复杂的“懋”字。渐渐地，为了图方便，她只把名字写成“陈平”，无奈之下，父亲也只好为她改名叫“陈平”。

这样的举措，无疑充分暴露出三毛的秉性，想一想，当时她还仅仅是个刚满三岁的幼女。这种对待事物简单粗暴的方式，仿佛与生俱来，此后一生，三毛都用这种方式对待她所遇见的人和事。

我们中国人为孩子起名字都是有考究的，甚至不少人还专门请神算命，以求保佑她（他）的一生平安健康。三毛向来笃信命运，可她却如此痛快地改了自己的本名，可见她的骨子里，还是率真多一些。

因为三毛的上面还有一位姐姐陈心田，所以三毛的乳名就叫作“妹妹”。三毛很喜欢这个乳名，那是一个足以证明她与陈氏家族息息相关的生命符号，每每被人唤起，会令三毛产生一种亲切感。这个名字，她用了一辈子。

童年的三毛，身体长得很棒，智力水平也极好，唯一一点令父母感到忧心的是，她的性格比较孤僻，在寻常孩子都喜欢找同伴玩耍的年龄，三毛却经常习惯形单影只，小小的寂寞的身影看上去那么孤独，让人感觉是那么的“另类”。这种状态被父亲记载在一篇名为《我家老二——三小姐》的文章里：“三毛小时候很独立，也很冷淡。”

寥寥几笔，勾画出一个仿佛有着心事的孩童。独立自然是好的，我们每个人都要学着独立，一点点长大，离开父母的关怀独自闯荡世界。能早早独立，便能早早学会思考，早早找寻到属于自己的天地。可冷淡就不太好了。冷淡的人，就像有一个专属自己的世界，外面即便山明水秀、一片春光，也好似全然走不进她（他）的心里。可是，我却觉得，三毛的这种被父亲称之为“冷淡”的冷淡，只是对常人热衷关心的一切不太敏感，喜欢她的人都知道，三毛有多热爱生活，甚至称得上是心灵手巧。她只是喜欢了一些别致的另类的东西，而对常人所恋恋不舍的一切有些冷漠，才会如此。所以说，她的冷淡并不是真正的冷淡，而是一种出挑的、特别的，异于常人的热情。通常这样的人，我会觉得她的身体住着一个非常个性的灵魂。三毛相信命理，成年以后，她很喜欢研究自己的出生、性格和命运。她认为，一人会做出怎样的举动，说出怎样的话语，早已在她落地时，为自身的一些生理因素所决定了。

听上去就像那句“人纵有万般能耐，终也抵不过天命。”当初遇见这句话，它的右下方写了一行细小的字：“《霸王别姬》”。我当时就懵了，心想：“这不是电影里的台词啊，为什么会跟它扯上关系呢？”而后细细思考，越来越觉得这句话正是在影射“程蝶衣”，我竟开始觉得有那么几分意思。

不知道人类对于自己不能理解、暂时用科学又解决不了的现象，是不是都会冠之以命运之类的迷信。只是觉得冥冥中似有什么力量，把一个人往神明所在的方向引导着、驱赶着。对于三毛这种笃信命理的做法，我理解为是一种缘分。世界万物，各人有各人的缘，别说是人与人之间、物种与物种之间，也是存在这种缘分的。或者人生在世，每个人都注定要对这世上的某个事物产生热望与冲动的，一点欲望都没有的人，大概也不会很快乐地活下去。只是三毛恰巧迷上了命理传说，而你我则恰巧迷上了执着于命理传说并且写着一手极棒文字的她——否则，你也不会购买了这本书，此刻翻开并且读到了这句话。

偶尔，我也有过这样的想法，不知你们是否认同热爱文学、热衷创作的人，天生就有一颗孤独、敏感的心。记得我刚上初中那会儿，也不爱去人群里扎堆，而是选择倚靠在墙角下，拿出小本子一笔一画地认真描摹，全身心沉浸在自己的小世界。曾经，这样的我，也被老师和众多同学品头论足过，老师甚至写日记说我太孤独，要尝试跟同学多沟通、多交流，要很积极快乐地融入到集体中。而我呢，忙于自己的付出与收获，对外面的热闹全然不理不知。其实，偶尔我也会在夜深人静的时候思考着，为什么自己跟其他的女孩子不一样，从看待事物的角度到学习、生活的状态，我总是远于正常人的所谓正常的生活而不自知。

三毛也很喜欢研究血型。不知道喜欢文学创作的人是不是都这样，偶尔在这条路上遭遇挫折，都会想着去找一些八竿子打不着的理论，来给自己加油鼓劲。某个分析血型的网站上，一句“B型血的人，更喜欢、更适合文艺创作类工作。这类人性格坚毅，无法接受自己不喜欢的一切。个性十足，对挑战性和创造性的工作往往能够胜任”，就曾让我更坚定地继续走自己的文学创作道路。热衷文学创作且在此领域有着突出表现的三毛，同样是B型血。她曾略带骄傲地说：“这就是B型血人的性格特点。心情飘忽不定，阴天很快，晴天更快。”三毛如此笃信血型，因此，生活中一些自己也无法解释的现象，她统统归类到这是受血型的控制和影响。

B型血这种特质，专门造就成年“孩童”。一些大人即使成年多年，也仍旧不免喜怒形于色，心情一会儿晴一会儿雨，不讨人喜的很。可是这样的性格对自己倒是颇有好处，对悲伤的人与事不会持续关注太久，对令自己欢喜的部分也不会留恋太久。天大的打击也能承受，天大的惊喜也有福消受。

三毛曾在国外居住时，偶遇到一位阔别已久的亲戚。突然重逢在异国他乡，令三毛当即上前一把抱住来人大笑，而到了离别的关头，又依依不舍地抱着亲人痛哭。可是就算这样“伤筋动骨”，待亲人离开后，三毛又很快恢复了笑容。

三毛就是这样一位拥有真性情的人。

或许是因为这份真性情，还是少女的三毛，逐渐显露出了她那独有的古怪脾气。普通人印象中的女娃娃，或许喜欢梳两只羊角辫，抱着洋娃娃到处跟大人撒娇，或者就扎堆到一群同龄的女孩间，跟她们热闹地玩捉迷藏。可三毛全然不是这样。看她六七岁时的一张黑白照片，三毛穿着浅色的麻布裙子，留着一个短得“假小子”式的发型，因为发质黑亮、浓厚显得特别有英气。再看她脚上蹬的一双皮鞋，款式非常淑女化，可她倔强地只以脚跟撑地，脸上带着一股莫名的神秘。第一眼看到这张照片，我认定三毛是特别的，她从少女时代就如此地特别，与众不同。

她不喜欢寻常女孩都爱的洋娃娃，也不爱跟同龄的女生一块玩。她常出没的地方，不是风景优美的公园，不是人声鼎沸的闹市，而是邻近的坟场。那地方一片沉寂，常年渺无人烟，一座孤坟紧挨着另一座孤坟。常有后人祭祀的，看上去还算干净整洁；而那些坟头长满荒草的，则诉说着地下深处的寂寞。常人大概不会喜欢来这样的场地玩耍。可三毛在这里是极其放松的。没有人声，没有束缚，天地之间除了这些再也说不出话的坟墓，就只有一个活生生的三毛。天空划过的小鸟，陆地上刮起的野风，是她的唯一玩伴。

不知小三毛是否对着这些荒塚思考过生命的真谛，又或者试图想象这些人生前的故事。我甚至可以想象，她是如何轻松自若地享受其中，用自己的方式度过美好的童年。

来到南京后，三毛的日子明显快乐了许多。几年以后，她添了一个新“玩具”——三毛的小弟陈杰。

当小姐姐的三毛很调皮，常跟大姐一起合伙捉弄小弟。小弟的乳名叫作毛毛，三毛和大姐就拿一个皮球往地板上一丢，然后对着小弟喊“毛毛去，毛毛快去”，小弟就像小狗一样冲了过去。等小弟拿到皮球，三毛跟姐姐又一起坏笑着喊“毛毛回来，毛毛回来”。如此往复，直到两个人都觉得累了，才叫小弟“毛毛你坐下来吧”。

三毛入读的是鼓楼幼儿园。读书这件事，像雨后逢甘露，滋养了她的心灵。在认识这些汉字以前，三毛的世界是一片混沌的。她所有的情感只能用肢体和话语来表达，可偏偏她不是一个喜欢咂舌的人；而在接触和认识文字之后，她的所思所想都可以用文字进行表达，从此之后，她去过的每个地方，都幻化成书香里的美丽景象，你只需花几十块钱，就能沿着她的人生轨迹，走上一遍。

在南京的岁月，极其平淡而又平稳。这样一个稳定的环境，三毛体内的一切世俗的喜好正默默地生长着。人成长的一生，与其说是逐渐了解世界的过程，不如说是了解自己的过程。从一个什么都不懂、对外界充满好奇的婴孩，长成一个娉婷而又有思想、个性独立而又心有执着的少女，直到最后选择用一条丝袜凋零谢世，三毛的一生都像一个谜。

抗日战争结束后，第二次国共内战敲响了警钟，从1945年到1949年，一打就是五年。国内战争局势极度不稳，为生活考虑，

1948年，陈嗣庆再度带领家人举家搬迁，这一次，他们漂洋过海，离开了生活几十年的大陆，迁往一海之隔的台湾。而三毛，也随之结束了在大陆的生活。

时局的变化风起云涌。三毛离开大陆的时候，还是个年仅五岁的孩童，自然对这一段惊心动魄的历史所知甚少。是后来学了历史课，跟着老师学习有关国家的历史，再看着那些有硝烟的战争图片，三毛才开始对自己从属的这个国家展现出非常浓厚的兴趣。

三毛的母亲缪进兰回忆说，三毛对过往的历史很用心，总是缠着她追问旧上海的一些事情，问完了就跑到书房，坐定提笔，认认真真地记录下来。写的时候，不跟任何人搭话，一下午的时光就这么流淌了去，待她将一些家庭琐事都处理得当了，三毛却还在伏案写字。

她或许很想弄懂自己未出生之前的世界的样子，又或者想要了解儿时的自己。但不管怎样都可以看出，三毛对童年也有一份别样的寄托。多年以后，她曾在《随想》中这样写道："童年，只有在回忆中显现时，才成就了那份完美。"

到达台湾后的第二年，六岁的三毛在母亲缪进兰的辛苦安排下，顺利地进入当地的一所公立小学。自此开始，她的人生逐渐步入正轨，一点点朝着日后那个耀眼的文学传奇"三毛"进发着。

人这种动物大概都是后知后觉的。入小学之前，很少有人能清晰地记住自己在童年时代都遭遇过哪些有趣的事。仿佛自己的降生，只是为别人的人生增添一些日后可供回忆的消遣片段。就像每次我回家看到墙上挂着的一些儿时的照片，总要通过我母亲，才能清楚地了解到，当时三岁的我或四岁的我正在做什么。

没人知道小孩子心里在想什么，会想什么。可能吧，那些专门搞儿童教育的专家会知道。

童年的三毛是有名的“蔷薇”少女。蔷薇原本是一种花，多数是世界著名的观赏植物。蔷薇的生命力极强，在气候恶劣的寒冷地域或气候干燥的热带地区，都能够旺盛生长。关于蔷薇少女，背后流传着这样一个传说：十八世纪，欧洲涌现出一大批以制作人偶与炼金术为业的人员，到了1743年，法国巴黎开始衍生出一种神秘的职业——人偶师，有人甚至说他通过炼金术已经获得了不死之身，存活在世上逾两千年。

因为手艺精湛，制作出的人偶都很优秀，被人们称之为罗真（Rozen），却没有一个人知道他从哪里来，要到哪里去。十八世纪末，他再次出现，带来了心中最完美无瑕的一组作品“Alice”，也就是七个美丽的蔷薇少女。这七具拥有生命力的人偶，全部拥有不变的容颜、强大的力量，早已超脱其他的人偶而独立存在。

如此与众不同的属于蔷薇少女的一系列特质，在三毛的身上也有同样的体现。

据说，十三岁那年，三毛曾跟母亲说自己将来可能会嫁给一个西班牙人。她的母亲只当是小孩子乱开玩笑，不以为意。结果，三毛长大后果然嫁给了来自西班牙的荷西。

不消说，行为怪异的三毛的确钟情于“心灵感应”的传说，她很相信天意，相信上苍有双大手，在冥冥之中操纵着众生的命运。但后来我们也就知道，三毛之所以会预测自己将来会嫁给一个大胡子，只是因为她当时正在学习绘画，迷上了西方叱咤画坛的风云人物毕加索。

或许，由于父亲为了讨生活辗转迁移于三座风格完全迥异的城市之间，导致三毛童年的时光出现断层，对其性格的塑成造成了比较黯淡的影响，以至于她敏感而脆弱的心思，从少女时代就拔地而起，影响一生。

初识文字，一生的羁绊

我时常觉得，阅读三毛的文字，像在与自己谈心。那些文字并没有华丽、蛮横的技巧，却字字透露着一个女人对这个世界的温存。

少女时代的三毛热爱读书，因为这件“高尚”的事情，仿佛其他 “离经叛道”的行为也被默然应允。我常常质疑，在那万分之一的概率里，或许偏偏就是读书改变了三毛一生的命运。要知道，她原本可以学其他顽皮的女孩儿，跳跳皮筋，养养花，学个女红……那样，她或许不再被世人所认识，而是作为千万个再普通不过的家庭妇女被历史遗忘，甚至被自己遗忘。

初次接触文字，三毛翻开的第一本书就是漫画家张乐平先生创作的《三毛流浪记》。像你喜欢音乐，喜欢话剧，喜欢电影一样简单而直接，小小的孩子第一眼看到“三毛”这个名字，就对它有了一股莫名的喜欢。这本书对三毛一生的影响毋庸置疑，三毛过世之前还曾专门拜访这本书的作者张乐平老先生，关于这段内容我在后续中会写到，这里就不再多提。

除了这本书，三毛还读了《木偶奇遇记》《格林兄弟童话》《爱的教育》等书籍。当时年仅四岁的她因为暂时什么太多的识字量，只能尽力地翻翻图片，有特别不懂的，再去问父亲或姐姐。

上学以后，三毛对文字的喜欢越发严谨、认真。她逐渐认识到，书中藏着一个新奇美丽的世界。这世界牵引着她，感染着她，填充了许多寂寞无聊，一点点把她变得更加美好。

遇到书籍，三毛混沌的世界逐渐变得清爽明亮。十几岁的学生仔，三毛像其他孩子一样规规矩矩地当起了小学生。

只有一件奇怪的事情：三毛热爱读书，却不太喜欢教条的课本，所以总是成绩平平，唯一可以拿得出手的就是美术和作文——怪不得成年后的三毛会选择浪迹天涯，她从小就已然这样敢于反抗教条式的东西了。

仔细梳理一下：似乎这些中国有名的女作家，几乎都是在少女时期就展露出了惊人的天赋才华。比如，张爱玲。三毛虽成绩一般，可总有特别拿出手的成绩，她不是那种一心要求完美、每门功课都满分的拗学生。她更偏向于积极享受，选我所爱，爱我所爱。

每次上作文课的时候，三毛一改上其他课程的慵懒，着力变作一个乖乖女。她创作的文章，因为文笔优美、观点独到，总是被老师当成范文朗读。一次，老师布置了一个命题——“我的志愿”。拿到题目后，三毛托着下巴稍稍想了一下，提笔飞快地交了答卷。没想到，在三毛照例被要求朗读范文时，老师竟第一次发了怒火。因为这样一个再“正常”不过的题目，三毛给出的答案却诡异至极："我的志愿是当个拾荒人，去发掘那些因为蒙尘而不为人所知的好事。"

或许是"爱之深，责之切"，当三毛念到这句时，老师竟忍无可忍地朝她扔去了黑板擦！"什么拾荒人，无非就是一个捡破烂的。"她（他）心里一定是这么想的，她一定认为，谈到志愿一定要够雄伟够壮观，怎么会有人想当不费吹灰之力且毫无人生追求的拾荒者。其实，他只是不懂，所谓"拾荒"正是三毛心中的旅行梦，她原本就是为自由而生，就算今天可以为了应付功课勉强交出一篇老师喜欢的格调的文章，明日也必将展开翅膀，朝着理想的梦田疾驰。

谈到拾荒者，你是如何看待那些随处可见、行走在街道弯腰拾捡垃圾的人？我觉得他们是这个世界上最美丽的梦之践行者、环境保护者甚至人生收藏家。

曾经看过《世界奇妙物语》里的一个故事：一个捡垃圾的老婆婆，非常珍爱她所拾捡起的每件宝贝，理由是她不觉得这是没用的垃圾，而认为它们是一段物主永远不再回来的时光。一个小小的粉色铅笔盒，一块小的橡皮擦，一方小小的手帕……这些物件都曾被它的主人当作至宝，给他们带来过欢乐，只是后来主人长大了，也有了更美更好更令人欢喜的东西，就把这些东西随手丢弃了。我相信你一定也有过这样的经历——或许有一天再见，当你注视着那件似曾相识的什么，你会想起同它一起度过的快乐时光……人之所喜新厌旧，只是因为她从来不认为那些东西代表她的人生，只是觉得它们就是一件东西，一件会随着时光和心情变得过期的东西。大部分的人，不都是这样的善忘吗？所以，一段感情结束了，人们只是哭一哭，掉几滴眼泪，就没事了；而丢失了的东西，也从未想过再去将它寻回，因为她可以买到更好的东西去替代，继续取悦自己。

而三毛是如此的不同，她感知到了旧什物的生命，她看到小物件里埋藏着的大格局，所以她才想要做个“拾荒者”，可惜，没人像她一样如此贴心聪慧，没人能读懂她的心。

挨了老师教训的三毛，明白课堂是有规矩的，老师为大，她只能写让老师满意的内容。最终，非常不情愿地，三毛将自己的志愿修改成 “做一个拯救万民”的医生。这个答案感动了老师，却令那个真实的自我感到伤心。

没关系，反正梦想从来不是说出来的，在没有条件去实现的境况下，只能暂时放在心里，等有机会再把它追寻。多年以后，在她远离故土的撒哈拉的家里，那座世界上最为温馨、别致的沙漠城堡以及城堡里的大部分生活用品，全部都是三毛利用一段段时间拾荒得到的。她终于用实际的行动，圆了儿时最初的梦想。

当然，三毛的学生时代，离不开拾荒得来的一件件小玩具。

像每条街道都有一个美好的名字，三毛给她的每件宝贝精心地取了名字。她的第一件宝贝叫作“点人机”，其实就是一根捡来的弧形树枝。一件再普通不过的东西，在三毛的眼里都能绽放别样的光彩。拾荒让三毛懂得，拾荒需要极好的眼力：有些东西覆盖在几层的落叶之下，需要眼到、心到，才能有所收获。

外面的世界，总能轻易吸引三毛的视线。对比被要求端端正正地坐在课堂里，三毛更喜欢撒丫子飞奔在田野、林间，以及小镇里的每条街道。她每天最爱的，就是放学那清脆悦耳的铃声。敲响的一瞬间，她好像一只逃出牢笼的小鸟，欢欣雀跃地飞到森林里，寻找她的爱之宝藏。

像拾捡世上一切的事物一样，当她那只灵巧的小手拾起文字时，一段动人的关乎流浪的传奇便从此拾捡到了。

从三岁启蒙，三毛与书一见钟情。后来到国民学校念书，三毛就已经掌握了很多汉字。她对文字似乎天生就有一种难以言喻的敏感，而文字也好像很喜欢她，在她的笔下任意翻飞，勾勒记录下一幅幅梦幻童真的少女时代的影像。自此，书店成了她最爱光顾的地方，书中的世界令她感到满足，经常读到华灯初上还流连忘返。

那个时候，租书很流行。当时，家里的经济状况并不富裕，父亲没有太多钱给三毛买书，三毛就用比买书更少的钱，去书摊租书看。从《森林中的小屋》到《堂吉诃德》《飘》《呼啸山庄》……三毛就这么痴痴地翻阅着，一头跌进文化的历史长河，无法自拔。

自读书以来，三毛仿若走进了现实以外的一个世界，周围的一切似乎也都变得不平静起来。五年级时，她一头撞进《红楼梦》，为宝黛钗三人之间的情感纠葛泛起心痛，为王熙凤机关算尽的悲惨命运扼腕叹息，并且认定这是一部太伟大的书籍——从那以后，这本书遂成她的心爱之物。文学界里的另外一位女作家，也是极爱这本书的，她就是张爱玲。她曾说人生唯有三恨：

“一恨海棠无香；二恨鲫鱼有刺；三恨红楼梦未完。”可见她也是爱到了红尘深处。

三毛爱这部书也到了痴缠的程度。连上课的时候，都藏在膝盖上翻看，这本书完成了对其灵魂的一次洗礼。当读到本书的最后，就是那句写贾宝玉归处的句子：“我所居兮，青埂之峰；我所游兮，鸿蒙太空，谁与我逝兮，吾谁与从？渺渺茫茫兮，归彼大荒！”三毛的心一下子收紧了，心跳加速，老师在讲什么她已经全然不关心了，只觉得眼前的世界一片紧绷。脑海里的那个世界，到处都是一片皑皑白雪。她一步一个脚印地走在上面，一生的时光就这样结束。

走着走着，她的心开始逐渐放松，呼吸也变得平稳，周围的一切静谧无声，只有雪花一片片簌簌地落下。一个问题在心中闪起，“人要往哪里去呀！”一个答案随之呼之欲出：“渺渺茫茫兮，归彼大荒！”那一刻，三毛仿佛参透人生。

这样的句子令我想到前不久看完的一部电影，严格来说，这部国产片拍得并不深刻，可让我印象深刻的，正是电影的最后一个片段，一个人痴痴傻傻地念叨着：“墙呢，猪推倒了；猪呢，杀肉吃了；肉呢，变成粪了；粪呢，养了高粱；高粱呢，鸟吃了；鸟呢，飞远了。”

生而为人，或许不必担忧。万物自有其来处，也自有其归宿，好像佛家常说的那句，“从往来处来,去往去处去。”这种境界是三毛以前所未体会过的，自此，她对文学更加无法自拔，倾注了更多的心血。

找一个自己热爱的事情做吧。它会陪着你，直到生命的尽头。而在此之前，会让你懂得如何更好地自处，为生命带去许多欢乐。

想想看，一个最爱你的人，终会因阳寿到头而谢世，真正与你能够相伴长久的，就是这早已日臻成熟的行为习惯。我儿时就曾听得“万般皆下品，唯有读书高”的言论，因此觉得一个热爱文学的女生，思想常常与众不同——三毛就是这样一个新鲜独立的人，她天生就不是那种所谓的“泯然众人”。也许，在她挑选一生的嗜好时，文学也在挑选真正适合它的真心人。冥冥之中，是缘分让她们互相选中了彼此，成全了彼此。

她对《红楼梦》爱得真切，曾发愿如果自己去世，希望能有知心人到她的坟前，“烧”上一部给她。

正是这样一位一生与书羁绊的女子，用她朴实优美的文字为我们描述出另一种生活的可能，带我们看到更遥远的地方。然而，又有谁能像她那样拥有一颗真正洒脱不羁的灵魂，赤着双脚行走在荒芜缥缈的撒哈拉沙漠，用人生谱写一段浪漫动人的传说。

年少情怀总是诗

许多年后也才懂得，雨季里萌生的第一粒对异性欢喜的种子，是那样的清新可爱。不仅因为长大后再也找不到这样的情愫，更是因为它其实算是一个人的“初初恋”——比一般意义的“初恋”更早、更珍贵的一种感情。

那一年的秋天，三毛上四年级，大约十岁到十一岁的光景。那时，学校为欢送六年级的学生毕业，特意举行一场全校的同乐会。毕业班的学生排练一幕话剧，名叫《牛伯伯打游击》。三毛的姐姐陈田心，彼时已经出落成一个模样清秀的小姑娘，自然被选作女主角吴凤。三毛听说了这件事，似乎比姐姐还光荣，成天嚷着要到礼堂看排练。碰巧，导演缺一个群众演员，当即抓了三毛，做“匪兵乙”。

没想到，三毛就此认识了另外的一位匪兵——匪兵甲，并且还暗自心生一段怀春的情愫。其实，导演安排给三毛的任务很简单，就是要她和匪兵甲一起躲在黑色布幔后面，等待牛伯伯中计。等牛伯伯上场，走到布幔附近时，两个人再一起跳出来，嘴里大喊着“站住，哪里去”，就算大功告成。

那个演匪兵甲的男生，到底是什么时候开始注意他的呢？长大后的三毛想必早已不记得了。只记得他们是一个组的，是抱着同一个任务朝着同一个目标去的。或许就是那种“在一起”的安定感觉，使三毛在那种性情幽闭的情境下，无意中催生了一颗欢喜的种子。可是，小女孩的年龄实在太小了，排练时她们之间又没有一句对白，所以很长时间，她只知道男生是隔壁班的，却从来没有相互说过一句话，但这不并妨碍三毛悄悄地喜欢他。后来回想起来，那个匪兵甲的容貌已经不再清晰了，“只记得他顶着一个凸凸凹凹的大光头，显然是被剃头刀仔仔细细地刮得发亮的头颅”。只是没想到，长大以后的三毛却将那种暗恋的滋味，仔仔细细地封存并保留了下来。或许少年时的我们也曾不明真相地爱上过一个人，到如今沧海桑田，十年或二十年的时光不算长，却足以将对方的模样涂抹擦尽；能够拾捡起来的，也只剩下当时的那一股喜爱他的心情，如一块水蓝色的抹布重新被清洗干净，整整齐齐地晾晒在阳台上。

或许当时的三毛，正是因为那个年代有太多约束和束缚男女生之间的硬性规则，才会导致三毛与匪兵甲在这样一次突如其来的接触后，给她的心里蒙上一层神秘的色彩。别说是1953年三毛所经历的时代，就是我所经历的八十年代的小学，男女生之间也有着诸多的禁忌。孩子或许天生对既定的制度、规则有一种逆反的心理吧，这就是为什么几乎百分之七十的人从小都叛逆甚至忤逆过。不得不承认，成长的过程里的确有很多的禁区不能触碰，想来学校和家长也必是为了少年自身的安全考虑。所以，三毛才说："老师在那个时代里，居然将我和一个男生一同放在布幔后面，一同蹲在长板凳上，是不可思议的事情。"

读有关心理学的书籍，上面说人可以在二十一天的时间内通过固定的行为模式培养出一个习惯，那么，当三毛与那位小男生日日躲在黑布后面排练，等着一起默数到"十七"，一起朝外冲去时，在这种长久而固定的行为坚持下，是否也会在她的内心深处形成一种习惯？而当排练结束，表演谢幕，她也不能够再同小男生并肩演戏，是否生命也会突然一下变得空洞与黑暗起来……

或许就是在这样的一个时刻，少女的心为爱情萌动了吧！

从那以后，她便要不受控制地时不时地关注一下她的"匪兵甲"了，好在他的脑门比较大，人群里一眼就能发现。

这位男同学一定不知道，他与三毛的一场小小的缘分，将注定成为三毛心底的一段温暖。后来如期到来的考试，三毛依旧没能考及格，先是被老师喝问原因，后又被掀起裙角打，令三毛偷偷落下几滴少女屈辱的眼泪。茫然中，想到那个能温暖自己的匪兵甲，似乎是在无尽的黑暗里，伸手抓到了唯一的一点光。

只可惜，演出结束了，她与他之间再不能光明正大地"在一起"了，这才是她心里痛苦的根源。

也不知是怎么搞的，一股流言突然从隔壁班传过来，一群三毛不认识的同龄孩子，熙熙攘攘地跑到她的班上来，冲着全班大声喊叫着："匪兵乙爱上了牛伯伯。匪兵乙爱上了牛伯伯。"甚至连她上学必经的道路的墙壁，也被人涂满了鬼话。看到这些，三毛内心很难过，她不懂为什么大家要误解她，她明明喜欢的就是匪兵甲啊！

如此难过的情绪持续了很久，直到有一天，三毛下课后走在回家的路上，突然就撞上了隔壁班的那一群挑事的男生。那些人一看到三毛，就嘻嘻哈哈朝她笑个不停，人群里有人不住地喊叫着："不要脸，女生爱男生！"

三毛被嚷得浑身发抖，全身的青筋都要暴起来，感觉再也忍受不了了，她挽起袖子冲上去就要跟站在第一个的男生打。忽然，一双熟悉的眼神扑了过来，闪烁的神情里，有慌乱、有痛苦，还有很多的惊惶，三毛一下子就清醒了，她掉转头捡起书包，拼命地朝着远离人群的方向跑开了。

那双熟悉的眼睛，正是匪兵甲的。那一刻，三毛一点也不在乎背后那些人在乱说些什么了，她只感觉身体里充满了能量，一瞬间强大到好似罩上一副铠甲。她甚至开始有些相信，"他是懂我的"。联想到他们排练时，彼此相互心领神会的眼神，一起踏着节奏跳出黑布外的默契，啊，刚才那淡淡的一眼，就是在向她传达一种无法言喻的深情。

时光继续悄无声息地流逝着，而她与匪兵甲还将有故事。当你注意一个人时，就总能得到他的消息。所以，有些我们不清楚的事，别人却了如指掌，这种事一点也不稀奇，只能说你可能去关注其他的事情了。

一天中午，三毛吃过午饭，就无聊地坐在教室的窗口向外看。几分钟后，她的视线和精神为操场上正在决斗的一对男生所牵引，待定睛一看——哎呀！不得了了，打架的好像是匪兵甲和牛伯伯！匪兵甲虽然脑袋大，可身材较牛伯伯瘦小一些，此刻他整个人都被牛伯伯骑着，被压在泥巴地上，一下一下地承受着牛伯伯的拳头呢！牛伯伯太坏了，当时刚下过一场雨，地上到处都是小水坑，只见他从坑里一把挖起一坨泥巴，就朝着匪兵甲的鼻子和嘴巴糊了上去！

三毛看着看着，不由得站了起来，因为过度紧张，手指甲也嵌进一旁的窗框上，感觉都快要把木头插出洞来了。后来，可能是急火攻心，三毛竟跑去厕所吐了，吐着吐着，她确定了一件事——自己是真的爱上匪兵甲了。

爱到什么程度呢？“也是在那漫长的高小生活里，每天夜晚，苦苦地哀求在黑暗中垂听祷告的神，苦求有一日长大了，要做那个人的妻子。哀哀地求，坚定地求，说是绝对不会反悔的。”

可是，日子是无情的。三毛很快迎来了自己的毕业典礼。当她清楚地从校长嘴里听到那句“毕业典礼结束。礼——成。散——会”时，才发觉自己并没有想象中那么开心。回想刚入学时，她还曾觉得这段时光会很漫长，哪知道现在毕业了，才发觉日子真是过得太快了，不知不觉竟这样到头了。收拾完书包，她疯狂地奔跑在回家的路上，一口气奔到每天都要经过的田埂上，喘着笨重的气息望向田野的尽头。

可是那里除了空旷的田地，什么也没有……

三毛升上了初中，已经渐渐长大的她，只好把关于匪兵甲的这段青涩回忆，像被打包了的小学的时光，深埋心底。

写到这里，我忽然想起S.H.E的那首《不想长大》，或许每个孩子都不想永远地失去童年吧！可是，回忆是不可追的，“刻骨的思念，即使再回头，也看不见什么了”。注定留不住的人和事，人们最好还是忘记吧，说得多了，只会在心里暗自浮起一种遥远的、无能为力的悲伤。

这段往事，就此尘封在三毛的记忆深处。直到多年后，《雨季不再来》的出版发行，我才再次有了熟悉的感觉。我想，倘若那些误解三毛的同学没有读过这本书，便仍会坚定地认为，三毛当年是喜欢了那位牛伯伯。

多年以后，三毛参加儿时同学的聚会。席间，大家有说有笑的，纷纷拾起过去的记忆。饭后，有男生拿出当年的毕业纪念册，每个人兴致高昂地翻看着，全都重新变作十一岁的小孩子，回过头去寻找昔日的自己。

是啊，如果不是留存的这些照片，恐怕每个人都可能会忘记自己年幼时的模样呢！记得前几年，我跟小学同学聚会，大家凑在一起看儿时的照片，也产生过类似的感慨：“哎呀，你那个时候那么胖啊！”“你小时候怎么老喜欢皱着眉呀，拍照片也不知道笑一下！”……永远美好的小学时代。

三毛呢，依旧没有参与到大家的热烈讨论之中，却在拿起纪念册时，偷偷地看了一眼隔壁班的毕业照，顺着一排排的人头找下去，先是看到了一个名字，紧接着就找到了那个匪兵甲，然后，她跟同学们说：“我要回去了，你们是散还是不散呀？”

不平静的读书岁月

很多事，往往都是过去以后才后知后觉，所谓成熟长大或许就是这样吧！起码，当你到了某个年纪，当再次听到一件从未听说的事情，也不再轻易感到吃惊或觉得那有多神奇。

然而儿时喜欢做的事情，若能清楚地保留下来，当是一种十足迷人的收获。三毛迷书，是出了名的。

《雨季不再来》这本书中，就曾专门写有一篇文章，讲述她逃学读书的事：

“要在离家之前，父亲与我挤在闷热的贮藏室里，将一大箱一大箱的书翻了出来，这都是我初出国时，特意请父亲替我小心保存的旧书，这一次选择了一些仍是心爱的、准备寄到遥远的加纳利群岛去。”

整理了一下午，父亲有些疲累，故意对三毛开玩笑：“都说你最不爱读书，却不知你最让父母感到心烦的就是放得到处都是的旧书，倒不如统统丢掉，应了人家的话才好。”说完，父女二人相视一笑。

我却觉得，未必人人都懂三毛才是一件值得让人开心的事，而真正的美好只像书中所写——只要世界上最为亲近的一个人懂得就足够了。毕竟，求爱求恨都很容易，求理解却是难上加难。

三毛进入初中后，开始了为读书而逃课的日子。她常爱找一个僻静的角落，让自己全身心置身于书中，一看就是一个下午。久而久之，她便成为全班都闻名的“问题学生”——也怪不得家里的亲戚都不知道三毛原是爱读书的孩子，他们只知道三毛不爱上课，总是逃课到别的地方玩耍，他们根本没有研究过三毛真正的兴趣。

其实，这样孤僻的三毛，心底也有自己的小骄傲。她希望自己能被老师看重，渴望得到老师的表扬，但是因为她的理科成绩不理想，所以老师总爱对她冷嘲热讽，使她的自尊心很受伤害。读到初二的时候，一次数学老师竟当众在她的脸上画零蛋，致使原本就不爱上课的三毛，差点踏入绝望的境地。

到了初二下学期，三毛对课堂越来越厌恶，父母也终于不再对她心存幻想，三毛被接回家中由父亲亲自教育。至此，三毛的逃课生涯暂告一段落。

休学在家，并不表示受教育的终止。当时三毛的姐姐离家住校，三毛独占了一间卧室。知道再也不会被迫进教室了，她的心情一下子变得轻松很多。靠那一年的压岁钱，三毛得到了一个用竹子制作的美丽书架，书架上摆放了零零落落的几十本书，有一大半都是父亲买回来给三毛读的。

没有了老师和同学，三毛一个人倒平静起来，也很少像从前那样出门疯跑了。在她的小书屋里，就能专心致志地阅读一整天。

除了在父亲的监督下学习文学课和英文课之外，家里还特别为三毛请了三位绘画老师来教她学习绘画。这三位老师带给三毛一段快乐的读书时光，使她获益颇多，以至于后来还曾写文章回忆，这篇文章被收录在三毛作品集《我的快乐天堂》中，可见遇到这三位老师是三毛毕生都很感激的事。

作家想要还原一件事是不难的，尤其是三毛还有着一个作家天生所需的敏感心思。她的第一位授业恩师名叫顾福生，当回忆这位老师时，三毛仍记得他身上穿的那件衣服，“那么鲜明的一件正红V领毛线衣”，同时这种颜色也成为三毛对这位老师所保留的一种恒久的记忆。所以，她才说：“是在台北市泰安街那条巷子的阴天黄昏里明亮亮地成为一种寂寂永恒。”

初见顾福生老师的三毛，还是一个对未来充满迷茫的少女。她是克服了天大的自卑才终于迈进了顾福生老师的画室的。只记得那是一个阴天，也不知道是不是一种提示，回想起那段与老师相见的时光，天空总没有晴天。雨，是诗意的情境；雨，是她此刻的年龄。以后的人生，尽管晴空万里，却再也找不回雨季的自己。

三毛在这篇文章里，形容自己初遇顾福生老师的心情是“一见钟情”，是那种紧张到手里有什么东西都会“哗啦啦”一齐掉下的惊觉。

跟顾福生老师学的是画人体肖像。当时，三毛虽有一定的美术功底，却不敢在真正的大家面前流露出什么，她只用两只眼睛本本分分、认认真真地观摩老师的画作。通常情况下，他们师生之间很少说话、交流。只有一次，老师望了一眼她的作品，那是一幅“消瘦到分不出是男是女的灰白色人体背影”，继而问她几岁了。三毛小心地回答“十六岁”，老师便再没有多说，只说可以再画，就离开了画室。

其实，她这张画并不是自己的创意，而是照搬了老师的作品，老师什么都不说，使三毛内心涌过一阵温暖，她觉得这位老师很仁慈宽厚，这份沉默的鼓励对她这样一个自卑的孩子来说，是可以“救命”的。也是从这幅画开始，三毛给自己取了一个美丽且沿用了一生的名字——Echo，这是希腊神话中恋着水仙花却又不能告诉他的那个山泽女神的名字。不知道三毛缘何会给自己起这样一个名字，或许在她的心里，正在初次饱尝着一个少女情窦初开的一份悸动吧！

翻开字典，Echo这个英文单词的意思是“共鸣；回声；重复”。我想，可能是顾福生老师的回应，使三毛内心生发一种莫名的温暖，所以她会觉得自己重复、模仿老师的画作继而为老师所鼓励，是一种无言的充满暖意的回声吧。

不管怎么说，三毛是很喜欢他的这位老师的，虽然他话不多，却用行动一点点向她传达着对她来说很重要的东西。原本以为这样的缘分会持续很久，却没想到一年以后，老师就离开台湾，去了法国。临别时，三毛对老师有很多话要讲，她并不容易留恋一个人，想一想，从小到大她早已习惯独来独往。这天，她偷偷在纸上写了很多心里话，想要当面交给老师，却终究因为内心深处的一份羞涩，什么都没做。那些话，“幼稚，可是感人”。

顾福生老师的出现对于三毛的一生来说，都有着十分积极的意义。三毛自己也说：“如果没有他，今日不会如此壮壮烈烈地活着。”

不知道上天是否也有心成全她的心思，在顾老师离台的二十多年后，三毛在顾老师的画展上再次见到了他。只是，此时的顾老师已经老去很多，而三毛也长成了一个明媚成熟的女人。她原本是不怎么注重外在装扮的人，却因为要面见自己尊敬的老师，特意穿了一件在巴黎买的平日不怎么上身的白丝衣裳，头发也精心地梳整过。那天，三毛与老师同坐一起，向他献上了自己这些年的一份成绩——一口袋她出版的书。

分别时，她向老师微微地鞠了一躬，虔诚地说了一句：“老师，你是我的恩人。”那时，她心里觉得，恐怕以后再难见到他了。碰巧的是，此时窗外的天空再一次地飘起了小雨。淅淅沥沥的雨中，台湾也好似一瞬间回到了二十年前的光景。

时光太匆匆。

第二位老师是韩湘宁老师，三毛形容他：“一个不用长围巾的小王子。”因为他常常一身雪白，所以三毛对这位老师的印象便是一层细密的白。

每次看《小王子》时，三毛就会想起这位老师。不同于顾福生老师，韩湘宁老师活泼又开朗，当时正是个俊美的青年，喜欢嘻嘻哈哈讲课，爱跟学生们打成一片。

三毛跟随这位老师学习石膏像，由于她的素描差些功夫，所以面对韩老师，也总是感到惊心动魄。顾福生老师对此总是宽容，韩老师就不同了，经常会被三毛差劲的作品气得发飙，有次甚至拿起石膏就往地上一摔，吓得三毛赶忙伸手去捡地上的碎片。

好在韩老师自有一套独到的教学方法，他喜欢带着学生们去参观各个画展，或者叫学生自由地去美术馆，就当是玩了吧！三毛因此收获了许多同从前不同的生活感受。

许多年后，三毛与这位老师再次相遇。那时，这位小王子变成了大王子，用很兴奋的语调朝她嚷着：“喂——喂——你知不知道，我要做爸爸啦？”惹得三毛偷偷一笑，只感觉无论时光怎样变幻，一些人仍亲切如昨，好似什么都未曾改变。再后来，这位老师做了两个孩子的父亲，和他美丽的妻子住在城外湖边的一幢房子里。也好，也好，小王子终于有了属于自己的星球。三毛为他深深地祝福。

在韩湘宁老师的介绍下，十九岁的三毛认识了他的第三位绘画老师——彭万墀老师。对这位老师，三毛的印象则是蓝色，因为初见时：“他穿了一件质地粗糙，暗蓝色圆口大毛衣。”

除此以外，令三毛感到印象最深刻的就是彭老师身上所具备的那种厚厚重重的样子：“他不是一幅画，是一座塑像。”

第一次上课，彭老师就自觉做了学生们的模特，三毛就势将老师的样子以油画的方式临摹在纸上。

彭老师有着很统一的上课习惯，他不说话时一句不说，觉得该讲的内容却一个字也不肯放过，给人一种刻苦、简朴又诚恳的感觉。跟着这样一位老师学习，三毛不由得严肃认真起来——她这才意识到，绘画像阅读文学书一样，也是需要下苦功夫的。跟着彭老师，三毛画了很多的静物。

彭老师用自己惯有的生活方式，对他的每一位学生都言传身教。很多话甚至不用讲，三毛就可自觉领悟到。这使我怀念起自己念高中时遇到的两位老师，如果时光可以倒流，真想再回到课堂，仔仔细细地听他们讲一堂课，认认真真地去感悟他们本身——不得不承认，年少时根本就不懂，最好的课程也许不用靠老师开口讲，只凭悄悄观察老师的一举一动，就能从其身上获得不少的人生真谛。

一个优秀的老师，该是从心里就被学生接受和喜欢的，该有一种能给内心不稳重的孩子灌铅的本事，让他们变得踏实。遇到这位老师，三毛做学生才出了一点成绩，她的世界变了色彩，不再是简单的明色，而成了铅一样的东西，那并不是一种晦暗，而是懂得生命应当变得厚重，人要有所目的地活着。

经过这三位老师，三毛学会了自信、自爱，还有很重要的一个，“自我”。虽然当时她只是一个十九岁的孩子，但从老师们的言谈举止中，分明捕捉到了一种名为风格的东西。那是一个人之所以区别于其他人的重要标志，甚至是一个天才区别于普罗大众的重要标志。

想不到许多年后，三毛与这位彭老师还有另外的一段缘分。三毛旅居西班牙时，恰逢彭老师住在法国。某一天，她收到了老师邮寄来的他孩子的一张彩色画作，那是两只青椒和一根红萝卜。从这幅画里，三毛能联想到彭老师的模样。

相隔22年后，在彭老师回到故乡台湾时，三毛才得空去见了一面。当时的感受是："那份百感交集的心情真是说也说不出来。"

三毛几次与三位老师分别再见，竟都已隔了二十年的光阴。人生能有几个二十年呢，这使她深感或许这便是与诸位老师的最后因缘了。在写这篇回忆散文时，她的眼眶几乎又要湿润："写着写着，我又看见了三位老师的身影。"顾福生老师在她的回忆里，仍旧穿着那件永恒的红毛衣；韩湘宁老师站在遥远的星球上，拉着孩子的手朝她微笑着；彭万墀老师仍威武庄严地像一个雕塑，沉浸在贝多芬《欢乐颂》的大合唱里："有光，有安静的太阳温暖慈爱地将一种能，源源不绝地灌输到我的灵魂里来。"

三毛始终是个感性的孩子。她有一种感知世间万物与人情的能量。她是一粒火的种子，只要有人肯轻轻一点，她就壮烈地燃烧起来。只是不知道令她怀念的这三位老师是否知晓，他们曾在一个适当的时机出现，"挽救了一个快要迷失到死亡里去的人"。

有时候，一位老师甚至不必教会他的学生任何的生存技能，只要教会她对生活的热爱、对梦想的执着、对创作的真诚，那便是一种无量的功德了。

三毛与二毛

时光是这世上最富有魔力的魔术师，能给一切未知的事物以真相，能把每一个人都变成他不曾预见的另一种模样。对于我们这些喜欢三毛的人来说，三毛是我们所熟知的。她真诚、美丽，像远方的橄榄树一样美好，而三毛之前的二毛，却是我们所不熟悉的。可是这段时光，却充分而不可避免地见证了三毛的成长。

后来，三毛鼓足勇气把还是“二毛时”的自己请了出来，她决定以平静的心情接纳二毛，她知道那是另外一个三毛。像所有年轻淘气的孩子一样，二毛是我们每个人过往曾有的模样，是少年时的另一个自己。

当三毛还是二毛的时候，她正处在人生最美丽的雨季，“她是一个逆子，她追求每一个年轻人自己也说不出到底是在追求什么的那份情怀”。

当三毛还是二毛的时候，她被家中的父母、学校的老师认为是一个问题孩子、问题学生；而当她从二毛变成了三毛，少女好似脱胎换骨、重获新生，长成一个凡事有爱、有信、有望的女人。为什么会有这样巨大的改变？三毛解释说，只是时间的问题。“人之所以悲哀，是因为我们留不住岁月，更无法不承认，青春有一日是要这么自然地消失过去的”。而我却觉得，青春消逝起来的最可怕之处就在于，它走得是那样地悄无声息，以至让人后知后觉。青春是什么？青春就是一件当你回过头来才能有所察觉的东西。成年以后，我常喜欢整理年少时偶遇的人、发生的事，一些人变成了过客，一些人来心上住过一段时间又搬家，这才感觉到，原来几乎没有几个人是能真正留下来相伴到现在，更别说是一生了！

那些曾以为惊天动地的情愫，终于变成屋顶的一个蜘蛛网，随着时间的流逝，落满灰尘。如今再回首，又有谁能想起昨日种种？哪怕是属于你们两个的回忆，恐怕也早已淡出另一人的心迹。

不能因为今日的成长、成熟，就去嫌隙昨日幼稚、深情的自己。没有那个冲动的自己，又如何换来今日真情的模样？这，便是少年少女时代的可贵之处吧！时光是最伟大的雕塑师，人是注定会在它的手下变换模样的。我们懂得的道理越来越多，我们可做的选择越来越少，就像一块废角料在一把斧头的挥舞下，变得有棱有角。

三毛曾说，很久以前，她实在不敢把自己还是二毛时所写的一些文章发表出来，那本代表了一个少女成长的过程和感受的小书，它在技巧上那么不成熟，在思想上流于迷惘和伤感。可是后来，她终于有勇气把它付梓，并为它取了一个相当动听的名字——《雨季不再来》。是啊，不管那是多么令人难以想象、多么疯狂而又固执，那些时光都是生命中唯一的小河，一旦流逝，就永远不再回头。

更重要的是：“它的确是一个过去的我，一个跟今日健康进取的三毛有很大不同的二毛。”

十年的时光，将小而顽劣的二毛带走了，换回一个懂事成熟又清新脱俗的三毛。她比二毛更懂得人间悲喜，更珍爱行走的自由；十年的时光，二毛没有选择让自己沦陷在一手制造的困惑里，她用无数的旅程，无尽的流浪，甚至情感上的坎坷，填补了人生中唯一的青年时代。“这样如白驹过隙的十年，再提笔，笔下的人，已不再是那个悲苦、敏感、浪漫而又不负责任的毛毛了”。

成为三毛的三毛说：“一个人的过去，就像圣经上雅各的天梯一样，踏一步绝不能上升到天国去。而人的过程，也是要一格一格地爬着梯子，才能到了某种高度。”所以，十年时间的磨砺又是痛苦和漫长的，会经历许多来自身心的创伤。第一次感受孤独，甚至绝望。可是，就像歌里唱的：“走吧，走吧。人总要学着自己长大。”这世上哪一个人的成长不是踏着自己的血与泪呢？

所以，二毛跌倒过、迷失过、苦痛过，一如每一个“少年维特”。

只是，三毛后来才懂得——比她自己更珍视二毛的，是她的父亲。都说女儿是父亲前世的情人，今生才做一家人来可劲儿疼。十七岁的二毛虽然是个问题学生，可依旧是父亲的掌上明珠。小女孩醉心创作，涂涂写写洋洋洒洒几千字几万字，写完了就随处乱扔，屋子简直变成了“凶案现场”。每每这样，出手进行整理的，就是三毛的父亲，他像保管珍宝一样保管着女儿的每篇作品，这才使日后的三毛，得以详细地弄懂了自己的过去。

想到过去，我们可能都会有这样的心情，感慨自己当时的固执、不懂事，甚至忍不住苛责。三毛也曾有顾虑：“如果将这些不算很成熟的作品公之于世，是不是会造成一般读者对三毛在评价上的失望和低估？”可是，她最终还是站在了理智的角度，打消了这个不够潇洒的念头。

她清楚地认识到，二毛并不可耻。二毛是真真切切的，一个少女二毛。三毛透过那些二毛时代所写下的句子，也能很准确地给自己把脉，看清楚孩提时代的自己，如何执着地想要探索出生命和活着的真谛，而她终于看清楚，十几岁的自己对这些有很多困惑，也有很多过分的执着，只是那个时候年龄尚小，拼命探索也得不到答案，所以才有了一份令人不能轻视的哀伤。这段心事长久地萦绕在心头，无人问津又不能及时获得解答，久而久之，就永远地根植在内心深处——而这，怎么能说是她这样一个聪明敏感的孩子的错……

二毛的出现，让三毛对自己有了更多、更深的领悟，她不再用奇怪的眼光审视过去，她说：“我是一个普通的人，我平凡地长大，做过一般年轻人都做的傻事。”等她变成了三毛，虽然一些事情仍未得到解决，甚至在生活上仍然没有稳定下来，可她却敏感地意识到："我在人生观和心境上已经再上了一层楼，我成长了。"

三毛，已经蜕去了二毛的固执、任性，变得平静、安详、淡泊。尽管儿时对生命的一些探索、对活着的诸多意义，至今仍不能参悟，可她的心境已如渺渺晴空、浩瀚大海，学会了不再偏激地接人待物，对每一个人都心存感激。

这多像我们每个人对生命和成长的领悟。年少时发下的宏愿，大部分人穷尽一生也未能实现，那我们就必须要痛彻心扉地骂自己无能吗？不，正确的做法是要学着淡化心境，学会放下，学会成长，这就是一个逐渐认清自我、撇除包袱的过程。人的一生太过短暂，可以专注的事物是那样有限，在爱着一样事物时，尽心去爱。

优秀的人太少，大部分人都是普普通通的。哪怕是付出全部的努力，或许也只是勉强过上了一份稳定的生活。看看我们身边的那些人吧，亲人，朋友，哪一个不是为了应付一段平凡的人生却已使出浑身的解数！

二毛时代是三毛时代的一段过去，三毛时代是二毛时代的一次升华，"就如一块衣料一样，它可能用旧了，会有陈旧的风华，而它的质地，却仍是当初纺织机上织出来的经纬"。那些真正热爱三毛的人，也不应舍弃二毛的时光，理应"看看过去三毛还是二毛的样子，再回头来看看今日的《撒哈拉的故事》那本书里的三毛，比较之下，有心人一定会看出这十年来的岁月，如何改变了一朵温室里的花朵"。这是三毛的心声。

只是，不管三毛还是二毛，她们都不是乐观的。有人说，一个女子可以抛却身后琐事，带着一个行囊、一张机票，到处去流浪，这还不算一种乐观吗？可是，三毛向往自由，并没有真正抛弃一个女人的所思所想。她也想拥有正常幸福的家庭，生儿育女，做一个百分之百的女人，她说："一个不着边际的想法，如果我守着自己淡泊宁静的生活原则，我根本不会刻意去追求它。"

至此，大家也不必再纠结为何她会走上流浪的道路，一切只是因为"我唯一锲而不舍，愿意以自己的生命去努力的，只不过是保守我个人的心怀意念，在我有生之日，做一个真诚的人，不放弃对生活的热爱和执着"。而这样的夙愿，又令今日的三毛对昨日的二毛产生了一些留恋之情，昨日的那个女孩，哪怕对事物再过沉迷，甚而有些颓废，但是起码活得很真诚——而这些，偏偏是她长大之后，更加梦寐以求的。

从某种程度上来讲，二毛就是三毛，三毛也是二毛。"毕竟是一株幼苗，长大了以后，出了几片清绿"。

仔细想想，二毛有很多美好的习惯被三毛完整地保存了下来，比如，那份对书的喜爱。而今，三毛仍然视书如宝，只是对某些年少时充满鄙夷的人物，有了更多、更深刻的理解，哪怕只是一些平凡的市民，在她的眼光中也能重获新生。三毛庆幸时光能赋予她这样的改变，她多喜爱这样的改变呀！

因此，三毛乐意向所有喜爱她的读者交出二毛的样子，让每个人都看到一个真实、青涩的小三毛。

《雨季不再来》，二毛的时光无论多么稚嫩、荒唐，都不会在三毛的生命里重来。这是三毛成长的一份珍贵的见证，清清楚楚地交代了从二毛到三毛的重大转变，更有三毛对自我个性的反思、总结。这时才知道，人，是可以改变的。什么“江山易改本性难移”，那统统是没用的，看看我们的二毛，如今是多么富有魅力的一个三毛吧！

二毛身上有一切少年的顽皮，有他们对这个世界好奇与不解的影子，而长大后的三毛更谙人世的悲喜，她说：“真正的快乐，不是狂喜，亦不是苦痛，它是细水长流，碧海无波，在芸芸众生里做一个普通的人，享受生命一刹那的喜悦，那么我们即便不死，也在天堂了。”

第二卷

送你一匹马

我个人很喜欢三毛这本文集的名字——《送你一匹马》，当然，三毛本人也是很喜欢的。她曾在这本散文集的序言写道：“一生爱马痴狂，对于我，马代表着许多深远的意义和境界，而它又不是不易拥有的。”

一亩良田，一缕春梦

我个人很喜欢三毛这本文集的名字——《送你一匹马》，当然，三毛本人也是很喜欢的。她曾在这本散文集的序言写道："一生爱马痴狂，对于我，马代表着许多深远的意义和境界，而它又不是不易拥有的。"三毛极爱自由。她热爱一匹马，又不会真的满足于拥有一匹马，那样无异于"落了实相，不自由"。这倒使我忽然想起《纵横四海》里发哥的一句话："其实爱一个人并不是要跟她一辈子的，我喜欢花，难道我摘下来你让我闻闻？我喜欢风，难道你让风停下来？我喜欢云，难道你就让云罩着我？我喜欢海，难道我去跳海？"喜欢，并不一定要拥有；喜欢，有时只是坦诚地接受对方进入，甚至影响你的生命。

你是否相信，这世上总有那么几件事情，会让你领略到缘分有多奇妙？第一次听齐豫唱《梦田》，心中就有一股猛烈的冲动，这梦幻一般的词作应该是三毛的风格吧！今天上网一查，作词人果然就是她："每个人心里一亩一亩田，每个人心里一个一个梦。一颗呀一颗种子，是我心里的一亩田。用它来种什么，用它来种什么，种桃种李种春风。”大概也只有三毛，可以想到用一粒种子种出一缕春风的故事了。

成年以后的三毛，有了颇多的生活历练，她逐渐变得开朗、成熟，学会主动去承受沿途所遭受的一切，她说：“一切都是好的，没有一样不合自然，没有一样不能接受。”三毛是宽容的，可是如此性情纯真的三毛能够收获今时今日的感悟，但凡读者用心一点，都能猜出她沿途饱受了多少辛苦。因为我曾听人说：“性情太过纯真、心思太过敏感的人，总也不那么容易快乐。”

值得庆幸的是，三毛有很多匹好马，陪伴她平安走过一程又一程。对于她的这些马，三毛则更喜欢称呼它们为——“源”。

以我的理解，这个源对她来说意义重大，可能是生命之源，光明之源，一切爱与理解之源。

幼年的三毛不爱课堂，期望老师的鼓励与表扬，可老师并没发现她这敏感细腻的心思，时而被批评。于是，她寄希望于文字，在书中找到了感情的归宿，一爱便不可收拾。世界上最了解孩子的人莫过于父母，三毛的母亲缪进兰曾说：“三毛个性偏执，四个小孩中，只有她不能按常轨走路，我们做父母的当然得多放点心思在她身上，守护着她的脚步一步一步踏稳了才放心。”

那时候，更多人对一个不同于寻常孩子的看法是问题学生、古怪，却没有人会把三毛的自闭与一个名为“抑郁症”的病相联系。不被理解，甚至被误解，贯穿了三毛的整个童年和少年时期，更多的时候，即便是身处人来人往的热闹场合，三毛有的也不过是自己那颗敏感多思的心。而“短短的路，一切寂静，好似永远没有尽头”是她对那个时期的处境最真实的描写。“那个少年的我，没有声音也没有颜色的我……什么时候才能挣脱她的阴影呢！”在阅读三毛早期的几部文集作品时，我总会感觉到这个少女的悲观、隐痛，她的身上存在两种极端，一种是对生命倾尽全部感情的热爱，一种是对命运深刻难以言说的鄙夷。

三毛自知这样的自己是病态的，她渴望回归。但很多时候，人类的力量何其渺小，根本无法控制命运的牵引。辍学回家，是父母在不得已的情况下帮她做的一个决定。因为只有这样，才能给予女儿一次真正的救赎。

他们尝试了各种办法，送三毛去美国学校，让她学习插花技艺、学钢琴、学国画，然而这些苦心最后都无效，没有一件事能令女儿走出自己的枷锁。不知何时起，出门对于三毛来说，都成了一件恐怖至极的事，她将一切的心事都塞进自己那颗孱弱的心脏里，不讲一句话。每一日的天地，仅是那幢日式的房子、父亲、母亲、放学归来的姐弟，但就连这些人，她都是不肯主动去接触。久而久之，日升月落，春去秋来，三毛已然在家中把自己关了三年多。

如果不是一次机缘的出现，恐怕这位自闭的少女，也将长久地萎谢了。那一年似乎是姐姐的生日，一大帮朋友来家中为她庆祝，小小的客厅里坐满了人，其中有个人或许是来了兴致，竟当场趴在地上完成了一幅很棒的画作。只见在他活泼的笔下，三下两下就勾勒出几个人物，甚至还有战马。待完成一半的时候，三毛便看懂了，这是一次战场厮杀。红色的烈焰和白色的骏马，三毛霎时间就被迷住了。她想凑上前去仔细看看那幅画，却碍于孤僻的性情终于作罢，只等大家都跑去院子里玩耍，才悄悄上前拿起，仔细地端详。

这一看，就注定与西洋画结下了不解之缘。也是因此，父母将三毛送去跟顾福生先生学习作画——她不知道的是，这一去，便连她的命运也都改写了！

三毛或许真的是很奇怪的一个人吧，她对于喜爱的事物，并不渴望真正去拥有；对于看重的人，也常常会觉得提笔无字。后来饱含的所有情感，我相信都是如鲠在喉、不吐不快的。

那时的三毛，虽然三年多没有接触过所谓的老师，可是对顾福生却在直觉上一眼便接受了他，他是那样一个温柔而可能了解她的人。我却觉得，与其说是绘画开启了三毛人生的一扇窗，倒不如说这位老师于她是真正的有缘人。我想，如若当年三毛的那位数学老师肯稍微通情达理一些，不要对三毛做出那种有伤自尊的行为，三毛也该是不会走自闭这条路吧！可见，孩提时代，遇到一位知人善任的老师是有多么重要！

凭良心讲，三毛在绘画上是没有天分的。她在顾福生老师的课堂里，并没掌握多少绘画的技能，但这段经历却难能可贵，使三毛打开封闭已久的心灵，肯重新审视眼前的世界。她依旧做不好事情，没有获得老师太多的表扬，却不再是先前在学校的那种诚惶诚恐。一个叛逆的少女，第一次懂得面对老师的真诚，自己要多多努力："面对老师，我的歉疚日日加深，天晓得这一次我是付出了多少的努力和决心。”老师回馈给她的关怀也使她感动：“在那么没有天赋的学生面前，顾福生付出了无限的忍耐和关心，他没有流露过一丝一毫的不耐，甚至在语气上，都是极温和的。如果当时老师明白的叫我停课，我亦是没有一句话的。毕竟已经拖累人家那么多日子了。”

但她所担心的这些，竟一件都没有发生，反而，跟老师相处得越发融洽，而这更多的还是顾老师的功劳。很少能有旁的人去靠近和理解三毛的，而这位老师知道什么时间疏导她的情绪，从不让她钻牛角尖。正是这样的教育方式，帮助三毛很好地培养起对艺术的情分。

老师甚至会额外地给她推荐几本自己喜欢的文学书，天哪，这不正中自闭少女的心事！从那以后，奥德赛、爱伦坡、芥川龙之介、康明斯、惠特曼……纷纷进入三毛的世界。一个更大的收获是，三毛从这时得到了陈映真写的《我的弟弟康雄》，看到书中的孩子与自己竟是一般模样，顿时豁然开朗——原来她并不寂寞，世上有那么多似曾相识的灵魂啊！

她与顾福生老师之间的关系，更多的是兄妹、是朋友。这位朋友，不但用人性之美帮助三毛走出人生的困境，更把她的第一篇文章投到了《现代文学》月刊上，并且最终出刊。三毛当时从老师口中证实这个消息时，惊讶得都不敢相信，一直问老师“没有骗我”，她感到一切太不可思议了，特别是想到一年前，自己还是个对生活毫无留恋的自闭少女。天空顿时亮了起来，而顾老师就是那个为她摘星的人。

后来，这位老师还引荐三毛认识了一位她日后的朋友。

时光如梭，当这些往事一点点褪色成回忆里斑驳的影子，或许连当事人的脸都忘记了，却还能想起当日的温情。原来，这世上除了那种叫人心寒命死的冷暴力，还有一种暖人心脾的热情。多少年过去了，当再唱起这首三毛填词的《梦田》，想到她心中的一匹叫“源”的马，你是否也会觉得，善良真诚的三毛想要送出的其实是来自人间的赤诚与爱心？哪管这世上寒冷黑暗如地狱，夜空中也终究会亮起一盏启航的明星，从此照亮你的尘世路，从此维系你的人生梦。所以，不管多远，走吧！不管这一刻痛到哭得多惨，一路寻找吧！当你开启心房的那一刻，终将迎来一次脱胎换骨的重生。

而那令你心头一热的，就是属于你的一亩良田。

一米阳光，钟情毕加索

没有研究过，是不是所有的孩子几乎都需要一个偶像；也没有研究过，一个偶像之于一个孩子的成长，是深刻更多还是苦难更多？只是知道，喜欢了西洋画的三毛，因为堂哥的关系，机缘巧合之下喜欢上了一位名叫毕加索的画家。

堂哥当时寄住在三毛家，那是个痴迷音乐的孩子，像三毛为了读书经常逃学一样，他也会为了音乐常常旷课，甚至为了表明态度，当着三毛父亲的面把学生证撕个粉碎。

看到孩子这样，陈嗣庆自然只能选择顺从。于是，这位堂哥同三毛一起，辍学在家。这下子，三毛在生活和艺术上就都有了伴儿。

堂哥名叫陈懋良，却偏偏是个“不良”少年。那阵子，俩人常钻在一个房间研究音乐和美术。一日，陈懋良递给堂妹一本毕加索的画册。翻开画册，那位远在西班牙的艺术大师的作品瞬间震撼了三毛的灵魂，她不禁惊讶地感叹着：“爱！就是这样的，就是我想看到的一种生命。”

一般的人，欣赏不了毕加索。今早专门找来他的作品看，画里的人物全都长着奇怪的身体，双眼长在同一边的脸颊上，有很多莫名其妙的图片拼接。但爱他的人，却是用心爱着。

毕加索是一个很有趣的画家。与梵高不同，他作品的色调总是覆盖着整个画面，而不是梵高那样通常会运用几种完全不同的色彩去勾兑出一个明艳的世界。在他的蓝调时期，几乎所有的绘画作品都被蓝色贯穿了，画中所有的人物、景物无一不是蓝色，在那个世界里，太阳发出的光芒、人类流出的眼泪也都是蓝色的，至此方显阴郁寂寞。

毕加索有很多情人，她们是激发他创作的最佳拍档。我不想说一位艺术家是在利用女性的感情来为艺术买单，有些人天生风流潇洒，有些人天生敏感多情。随着阅历的不断增加，一个人的包容度该是越来越宽广，对事物的看法和理解有了更深一层的改变，甚至是彻底地颠覆。说不定等你过些年再来看同一个人，也会对他生发出许多不一样的想法。

天才总是孤寂的，哪怕再炽热的烟火，能温暖和渗透的地方真的不多。凡人大多也无法理解他们的想法，哪怕仅仅是试着去理解。

三十岁以后的毕加索进入一个又一个不安分的探索时期，他的作品也如身边的女人一般，走马灯似地更替、变幻。他的创作没有固定的主题，或慷慨激昂，或面目可憎，或诚挚感人，或惊心动魄，眼前的毕加索是一个人们永远无法想象的天才毕加索。唯一有一点他不曾动摇过，那就是付出生命都愿去热爱的——自由。世界上从来没有任何一位画家，是能够如毕加索那样同时拥有天真无邪的创造力与惊人的坦诚之心，他笔下的世界完全凌驾在自由的意志之上，为随心所欲地创造而出。没有规定，没有偏见，统统都不需要，他主宰着他的一切，进而开创了一种全新的艺术以及艺术赏析模式。

他的创作，甚至是不可模仿的。因为毫无章法，亦没有既定的规律可循。

或许对于一个天才的艺术，只有另外一个天才才能彻底地感知和懂得。

那些不可思议、不按逻辑甚至超出一般审美范畴的线条，奇奇怪怪的组合构成了一幅幅令少女三毛惊讶的画作。只那么一眼，她就从中读出了毕加索的内心世界，仿若晴天之下，一道来自西班牙的闪电击中她的心，她于电石火花之间就沦陷在画家的天分中。

那是一个同样寂寞到抓狂、疯癫到无语的世界。

不得不承认，三毛从不缺少爱，她的父母一直都视她为掌上明珠，因为她个性上的偏执，也总免不了多次的格外关照。然而，许多许多的爱，对于拯救少女失落的心却是无助的，仍然没有人能走进她那一扇封闭的心门。可以说，在一个外人看来正当欢乐的年龄，三毛执意把自己关在精彩之外，独自承受着这个世界给予的一切疯狂。在那些黑暗不见日光的岁月里，她也渴望被救赎、被温暖。而今，毕加索像一束星星点点的火种，一下闪现在她梦幻的心田。少年如她，用稚嫩的文字为他书写热爱的箴言：“这一生，由画册移情到画家身上，只有专情地对待过毕加索。他本人造型美，而且爱女人，这又令我欣赏。艺术家眼中的美女，是真美女。毕加索画下的女人，个个深刻，是他看穿了她们的骨肉，才有的那种表达。那时候，我觉得自己也美，只有艺术家才懂的一种美。”

看吧，三毛觉得自己是艺术家。她有一种只有艺术家才懂的美的感觉。我想，开辟鸿蒙也不过是这样深刻的恩惠了吧！毕加索，给了三毛一次重生的机会。她爱毕加索到何种程度呢？在遇见荷西之前，可以说是将全部的爱都倾注到对方身上去了，曾梦想长大以后可以嫁给他，成为他笔下、画里的中国女人。这份干净而热烈的爱，打动了不少人的心灵。据我所知，身旁就有一位美术生，因为偶然读到三毛的这篇文章，而对毕加索“一见钟情”了。

三毛对于毕加索，不单是少女式的一时喜欢，而是一种来自心灵、灵魂上的相通。可能是因为她本身就是个女生吧，才会笃定：“毕加索画下的女人，个个深刻，是他看穿了她们的骨肉，才有的那种表达。他画出了女人们最心底的那幅画。”

毕加索曾说：“我的每一幅画中都装有我的血，这就是我的画的含义。”大概是之于此，才能吸引同样靠燃烧生命过活着的三毛吧！

还有那份凌驾于一切形式主义之上的自由。反观三毛，她一生的许多行为，超出寻常，做了凡人敢想而不敢为之事，看了凡人想看而未能看之景，足迹遍布世界各地，遍尝人间百味。

因为一张西班牙古典吉他唱片，她毅然放弃了当时作为选读生的学业，只身一人前往西班牙；因为偶然读到的一篇描写撒哈拉沙漠的文章，她居然萌发了去当地生活的念头，并与荷西牵手定居，在那里结婚，一住就是六年。对于爱情，她永远热情如火，始终是那个冲在前线的人，哪怕命运一次次开她的玩笑、给她难堪。在做选读生时，她因为爱上一位学长，甚至用出国的事情逼他一起走，可最终她的爱情还是覆灭；在西班牙，第一次遇到荷西时并没想好去爱他，所以很理智地拒绝了对方的求爱；回到台湾，因为在咖啡馆偶然邂逅了一个很有毕加索艺术气息的画家，她即表示愿意嫁给他！

这样一个随性到处行走的三毛，简直就是活生生的“追梦”代言人。罗大佑就曾为纪念她的离世，重新填词创作了那首脍炙人口的《追梦人》：“让青春吹动了你的长发，让它牵引你的梦，不知不觉这城市的历史，已记取了你的笑容……”“让流浪的足迹在荒漠里，写下永久的回忆。飘去飘来的笔迹，是深藏的激情你的心语……”

三毛热爱毕加索的时候，一代艺术大师已在画坛崭露头角，但却也没到大红大紫、举世惊人的地步。如果仔细研究，他每个时期的画风虽然迥异，但却渗透着几乎同样的主题——和平与爱。童年时期的《科学与慈善》是他最早期的代表作，浓厚的写实画风，色彩柔和，奠定了他绘画的基础。图片上，一位身患重病、卧床不起的妇人，一双忧伤的眼睛正投向修女怀中的孩子。科学与慈善，在此之前，还从未有人想过将这两个八竿子打不着的课题放在一起展现，因此画作一经面世，就引发了大众的共鸣，为人们所喜爱。

蓝色时期的毕加索是忧郁的，蓝色也是其生活基调的写照。为了寻求进一步的发展，毕加索不断往返于西班牙与法国之间，对了解贫苦人民的生活投入了极大的热情。他用一颗真诚的心去关照一切事实，成功地捕捉到了底层人民的悲怆与孤独的生活，因此作品也饱含浓重深刻的悲剧成分。《蓝色自画像》是他这一时期的出色代表作。

经过蓝色时期，毕加索的创作有了更多的拓展性，在1904至1906年间迎来他的玫瑰时期。不仅临摹的对象变成了年轻健康的少女，色彩也变得清新明快。《斯坦因画像》就是这一时期的代表作，尤其值得一提的是，这幅作品是第一次在没有模特儿的情况下，由他独自润色完成。

到了立体主义时期，毕加索则开始尝试使用拼贴的方式进行创作，极端变形与夸张的艺术手法使笔下的人物更加富有意韵，这是他创作生涯中最具代表性的一次转变，从此开始形成日后所广为人知的绘画风格。《亚维农的少女》的诞生，标志着西方现代艺术史上的一次革命性的飞跃，“立体主义运动”由此诞生。

此后，毕加索的创作天分继续被深掘，他又相继迎来人生的“古典时期”“超现实主义时期”“蜕变时期”，以及最后的“田园时期”。这些或以生活为基调进行的创作，或以历史发展为素材进行的创作，无一不是凝结了一位绘画天才的匠心。正如毕加索所说：“我以我血搞创作。”

正是这样不朽的成绩，令全世界的绘画界为之震撼。人们都说，他是二十世纪最伟大的绘画家。我想，这可能是因为，在二十世纪活跃的画家，哪怕是杜尚、梵高，也都不能够如他一样，将绘画呈现出如此精彩多变的风格。

所以，十几岁的三毛会爱上毕加索，简直是一件太了不起的事情。她的眼光是那么毒辣而专注，对艺术的嗅觉是那么精准而独到。

一束阳光，钟情于毕加索，这就是帮助三毛重获新生的另一匹马了。

爱之小红鞋：难忘的初恋（一）

世界上有很多事都是后知后觉的。如果一开始就能知道每个人、每件事对自己的重大意义而能够牢牢地坚守住与他（它）的感情，那人类势必终将一路幸福下去。虽然，现实中也不乏常有这样的花好月圆，但人们更喜欢称这种现象为“幸运”，比如，一对初恋情人毕业后没有分手，而是走进婚姻的殿堂。

但人世间毕竟没有那么多幸运的事情，大部分的有缘人可能需要面对的，就是残忍地错过以及更残忍地后知后觉。这就是为何我们每看一次《大话西游》，心就会强烈真实痛上一次，至尊宝已经不单单只是电影里的那只猴子了，而是此刻坐在荧屏前的我们每个人。“曾经有一份真挚的爱情……”所以，你把握住了吗?

也是直到最后，我才恍然大悟——就算爱情有太多的遗憾与失败，也不能因为一个不如意就否定它曾带给我们的温暖与甜蜜。那种第一次觉醒自己该变得美一点，为了心上人再变得好一点的觉醒，是一辈子都令人缅怀的惊喜。爱着的时候，天就算是黑的，也都很美。在爱情里，一定有一件你们彼此心知肚明的

“信物”，又或者仅仅是属于你的美好什物。

三毛的青春里，也有这么一件令她感到青春洋溢的小东西，那是一双美丽的红舞鞋。它不像《安徒生童话》里的那位热爱跳舞的小姑娘所拥有的红舞鞋，而是真正的一双足以让人变美丽又很听主人话的小鞋子。

幼年的三毛，很喜欢穿布鞋，这可能更贴合她不羁的个性。对于她这样一个珍贵的女孩来说，舒服至上，舒服才是最重要的。三毛喜欢布鞋的程度超出了一切其他的鞋子，以至于后来甚至拒绝了母亲为她买来的小皮鞋，尽管它看上去更精美。长成少女，三毛换上一双干净的白球鞋，连下雨天都可以很自如地行走在田埂上了。她永远以最舒服的方式讨好自己，与大自然亲近。

跟随顾福生学画以后，三毛尘封的心灵打开了。我觉得每个自闭的孩子都需要这样一位老师，好让他感知到人生有不一样的色彩，好为他打开一扇窗。更为珍贵的是，看到窗外世界的孩子们，会因为感到惊喜而懂得再去为自己打开更多的天地。昨天在电影《大鱼》里看到的一句话，使我瞬间联想到三毛：“你认为最邪恶、最坏的东西，大多只是孤独、缺乏融洽的个性。”三毛倒不至于是最邪恶、最坏的东西，年幼的她只是不合群、有些自闭罢了，但本质上却还是因为她骨子里的孤独、那种缺乏融洽的个性。

心门一旦敞开，世界的美就会扑面而来。开朗起来的三毛，变得愿意主动亲近这个世界。有一天，她照例提着油污斑驳的画箱下课回家，却在途中与四个花枝招展的女孩偶遇，那惊鸿的一瞥使三毛觉察到她们与自己的不同——像是丑小鸭见到了白天鹅，三毛顿时觉得羞愧难当。低头看看自己的双脚，此时正被套在一双显得有些愚笨的鞋子里，而那四个天仙似的姑娘却穿着漂亮的红色舞鞋。一种对于美的认知从她的脑海闪过，她连忙惊慌地一路小跑回了家。

姐姐仍旧伏在课桌上写作业，三毛好奇地望着她的背影，那是一个和她一样从不懂得穿衣打扮的姑娘。

这一天，三毛勇敢地走到母亲面前，对她说出一个想法，她想要自己挑选衣服。第一件心爱的物品就是这双透出淡淡玫瑰红的软底小皮鞋，三毛穿上了这双鞋子，旋即不愿脱下。

那是她的第一双小皮鞋，代表着她愿意尝试去接受新鲜的事物，愿意从自己的世界跨出来，心甘情愿地朝着外面的世界迈去。但她仍旧很喜欢布鞋的，皮鞋与布鞋可以是共存的，三毛是它们的主人，会懂得好好地利用。

换上了新衣服，三毛也感到世界新奇了许多。我想她从未想过自己也会有这样的时刻——以至于，下午在画室作画的时候，因为不小心将油彩沾到了新衣上，她甚至有些难过。

小红鞋不是普通的小红鞋，它开启了三毛的爱之旅程。顾福生走后，三毛画画、交友、串舞会、走沙龙，仿佛要把冷冻了三年之久的热情，一股脑儿地全部释放。但这样的生活也有无聊的一天，直到她的一位朋友带来一个好消息给她。

陈秀美（后来的作家陈若曦）是顾福生引荐给三毛的第一批文友，后来也成了她最好的朋友。陈秀美告诉三毛，台北华冈的文化学院声誉不错，三毛又是这样具备文学天赋的好苗子，即建议她做学校的选读生，多少也算有个事情做。三毛觉得这个主意很好，当天就给学院的校长张其昀（晓峰）写了一封长达三四页的请求信，言辞恳切，使人动容。

没想到第二天，她就收到了张校长的回信，要她即刻到学校报到。就这样，三毛成了学院第二届的选读生。

第一次与院长见面，三毛带去一大摞自己发表的作品和绘画。张先生看了，直夸赞三毛有艺术天分，随即建议她选读文学或艺术专业。填表的时候，三毛做出了自己的选择，她填写了哲学系，因为她很想知道人活着究竟是为了什么。

来做选读生，一方面弥补了三毛没上大学的遗憾，一方面也使刚刚年满二十岁的三毛有了一件正经的事情做。但以她这样的性格，好像天生不习惯太过束缚。三毛在大学的成绩算中上，最棒的技能仍是写文章，关键时刻甚至能“救命”。一次国文知识测验，有许多题目三毛都答不上来，又不愿交一份惨白的试卷，她就自作主张杜撰了一篇悲惨的家史。国文老师判卷读过这篇文章，竟当即潸然泪下，意外地给了三毛一个及格的分数。

三毛有很强的自尊心，以前自闭的时候不爱跟人交流，打开心门后却很喜欢跟同学们辩论。她有个霸道的私心——不允许班上有其他同学能比自己的阅读量还大。要是谁突然说出一本三毛未有所闻的好书，她必定暗暗记挂在心里，千方百计找来翻，然后隔几天旧事重提，说出一个较之更高明的见解。很多同学对三毛的评价是：“她在我们几个黄毛丫头中间，显得非常特殊。就是她那斜上右上角好像插翅膀能飞的字体，也是自成一格。”

哲学系大概是大学里最悠闲自在的系别了吧！在数学系整天苦于高数运算、化学系整天忙着实验、外语系整天叽里呱啦的时间里，哲学系思考和辩论的可全部都是人类的喜怒哀乐呢！三毛的读书时光就在听着一帮同学对人生、对世界的看法中，轻轻浅浅地流逝着。直到爱之小红鞋，将她真正地带到一场爱情的面前。

三毛突然出现的爱情，源于她常爱在课间去邻班的中文系做客。去得多了，就发现一位文静的男生从不与别人说话、打闹，总是很安静、专注地在座位上看书或写字。因为好奇，她请求同学帮忙找来了这位男生所写的一篇文章，读过之后竟被震呆："他怎么会写得那么好！"从此迷上。通过多方打探，三毛终于了解到更多的背景，却也渐渐生出一种异样的感觉，那是一种对异性的崇拜，甚至还会渴望能与之发生接触。三毛形容它是"一种我这一生所没有交付出来的，除了父母、手足之情之外的另一种感情，而且是想很固执地将全部交给他！"

从那以后，她就开始格外关注对方的一言一行，有任何的风吹草动都不想错过。她在《我的初恋》一文中写道："我对这个男孩，如同耶稣的门徒跟随耶稣一样，他走到哪里我就跟到哪里。他有课，我跟在教室后面旁听；他进小面馆吃面条，我也进去坐在后面"。三个月之后，他们因为常常在各种场合碰到，彼此已经很面熟，可是对方仍然没有任何的反应，这令三毛感到焦虑与惶恐："难道他真的很笨，一点都不知道或者说完全不在意我？"这样想着，三毛不能平静。

那好吧，既然对方没有做出任何回应，那三毛只好主动出击。一天放学，她故意抱了一摞书，跟在他身后上了一辆公交车，然后找机会站在他身边。果然，随着一阵刹车，三毛胸前的书全掉在地上了，这位男生也果然立即弯腰去捡，三毛兴奋地以为他们马上就会展开第一次的亲密交流，不想男生却径直将书放到头顶上方的储物网里，并没有给她说话的机会。三毛急得眼泪都要掉下来了。

第二次相遇，是三毛发表文章拿到稿费，同学嚷着要她请客，两人在小饭馆不期而遇。在同学的招呼之下，那人也只好来到她们的桌前，举杯向三毛敬了一杯酒，却仍然没有同她说话。这下，三毛更加疑惑了。有一天，她终于决定鼓起勇气，在操场上抓起男生上衣口袋的一支笔，麻利地写下家中的电话，然后迅速塞还给对方，转身就拼命地跑了，那一刻，她觉得自己完成了一件很了不起的事！给完电话之后，三毛就不去上课了，因为她要专心等着对方打电话来。可是，整个下午电话虽然都很忙，却都不是他打来的，一直到五点，三毛才接到了他的电话。

那个电话，给了她一段长达两年的恋爱。因为他们约好在七点钟见面，为了纪念这段感情，三毛还曾写过一首清新的小诗，后来被谱上了曲子，变成一首歌。这首歌的名字叫作——（今生）七点钟。

今生就是那么开始的

走过操场的青草地 走到你的面前

不能说一句话

拿起钢笔 在你的掌心写下七个数字
点一个头 然后 狂奔而去
守住电話 就守住度日如年的狂盼
铃声响的时候 自己的声音那么急迫
是我、是我、是我——是我、是我、是我
七点钟，你说七点钟？
好、好、好，我一定早点到
啊明明站在你的面前 还是
害怕这是一场梦
是真 是幻 是梦 是真是幻是梦
车厢里面对面坐着
你的眼底
一个惊惶少女的倒影
火车一直往前去呀
我不愿意下车
不管它要带我到什么地方
我的车站 在你身旁
就在你的身旁
是我在你身旁
……

唱完这首歌，三毛一生难忘的初恋开始了。

爱之小红鞋：难忘的初恋（二）

很多故事，也许从一开始就注定了结局。没有在一起的爱情总是会有很多的遗憾，但至少比没有爱过要好上一千倍。

三毛有心进入文化学院，却于无意中与一位同样优秀的青年相爱。他们一个是文学院里的文学才女，一个是学生堆里的耀眼才子，那些年的恋爱事件犹如一场世界表演，使得他们在整个大学时代充满流光溢彩。

一起阅读、写诗，在月光下散步；一起上课、放学，在台湾的大街小巷散步。如果人生是一部书，青春就是最美丽的一页，你会后知后觉，年轻的自己无论做什么都是美的。二十出头的年龄，是一个为上帝所宽容的年龄，就算是浪费，也情有可原。

时光欢快地往前走着，转眼，两人一起迎来了他们的大学三年级。这位令三毛钟情的男子——梁光明马上就要毕业了，这意味着三毛的爱情遭遇到了前所未有的难题。经过两年相处的时光，热恋的浓度慢慢退却，对未来的规划逐渐提上日程。由于这是三毛正儿八经的初恋，这段恋情刻骨铭心。她又是一个为爱执着的女子，对目标始终非常坚定：她在心里想着，一定要给这段感情一个中肯合理的归宿——二十一岁的她，所能想到的办法就是结婚。

于是，三毛去向梁光明说明一切，并且承诺："我愿意休学，同你一起去挣钱，共同生活。"却不想被梁光明冷硬地回绝了，像大多数男人会给女人的回答，梁光明的意思是，起码要等到自己事业稳定以后再去谈婚姻、家庭。是啊，他可是风靡全院的文学才子，才情甚至比三毛要高上一级，如今刚刚毕业，想必前方正有锦绣的前程等待着他。可是三毛不管这么多，她不依不饶地祈求着那个唯一的结果。只是她没想到梁光明的态度会如此坚决，竟然一点都不顾及他们相爱两年的感情，她一向认定一件事就抱了"志在必得"的决心，这一下可被他彻底给逼到墙角了。那一阵子，她像发疯了一样，整日哭哭笑笑，神情恍惚，反反复复地说着："我不管这事有没有结局，过程就是结局，让我尽情地去，一切后果，都是成长的经历，让我去。"

恋爱彻底变成一味苦涩的汤药，才稍微见到彩色的三毛，顷刻间又将面临世界再一次的坍塌。她看不到未来，她抓狂了。终于，三毛决定用出国来逼他一把，她找到梁光明，信誓旦旦地告诉他，选吧，要么用你的爱留住心上的女孩；要么，就放她去遥远的西班牙。三毛不美丽，可是她拥有一股热情与野性。她为自己出了一张王牌而窃喜，她以为马上就能得到那个自己心中的回答。

可是，对方毫无反应。三毛气愤极了，她真的开始着手准备出国的事情，提交出国申请，办理护照和签证。一个多月后，所有的证件都下来了，梁光明仍然不肯让步。

三毛彻底绝望了。

她的父亲陈嗣庆将这一切真真切切地看在眼里。他回忆说：“三毛把人家烂打苦爱，双方都很受折磨，她放弃的原因是不能缠死对方。如果再住台湾，情难自禁，还是走吧！”可以想象得到，那段日子对三毛来说，是有多纠结、黑暗。她一定像所有面临两难抉择的情侣一样，在一个晚上苦口婆心终于下狠心说服自己，而到了隔天早上，又情不自禁地继续跑去跟对方要那个答案。

临走前的晚上，三毛仍然不肯放弃，用一些类似恳求的语气对梁光明说：“机票和护照我都可以放弃，只要你告诉我一个未来。”可对方依旧沉默不语。三毛急了：“我明天就要走了喔！你看呀！我明天就要走了，你真的不给我一个答案！？”这时候，三毛却发现，梁光明的脸颊上流下两行滚烫的热泪。三毛心软了，立即改口说：“我去一年之后就回来。”他仍然不说话。忽然，深夜的小路旁，一首应景的《情人的眼泪》缓缓地从一台收音机里飘过来，一旁的他忽然轻声跟着哼唱：“为什么要为你掉眼泪，你难道不明白是为了爱？……”

三毛也泪崩了，她最后一次近乎绝望地质问着：“有没有决心把我留下来？”他则把头一低，轻轻地说了句：“祝你旅途愉快！”

……

忽然想起一首歌，是刘若英的《后来》，歌里唱道："如果当时我们能不那么倔强，现在也不那么遗憾……"可是，年轻的人啊，总以为前方天高海阔，可以承受住自己做下的所有抉择。

三毛，一个当年刚刚二十岁出头的、任性倔强的女孩，最终没有如愿获得爱情，却被迫将自己放逐到了遥远的国度。

第二天，她怀着失恋的苦痛和远走的离殇，强忍住泪水，勉强扬起笑容，站在码头上同前来送别的亲人道别。母亲缪进兰大概是最不舍得女儿远行的——她和三毛一样，认为这是一场突如其来的分别。因为伤心，甚至一度哭倒在栏杆上。而三毛亦是倔强到底，听到身后母亲呜咽的哭声，她硬是没有转过身来向亲人们挥一挥手。后来，三毛说，那一刻她听见了自己的心破碎的声音。

这是她第一次远离家乡，独自一人去往那么遥远的国度。她将在西班牙的首都马德里念大学，哲学系进修两年。

只是，更后来所发生的事情，却是她没有想到的，正是这段旅程给了她的人生一次精彩的转折。

多年以后，这位名叫梁光明（笔名舒凡）的男生也早已蜕变成为一个成熟稳重的男人。而三毛，在故乡台湾与他有过一次难忘的相见。不知是否为纪念这次的相遇，三毛创作了一首《说时依旧》。

时光把多少浓烈灼热的爱情变成一道云淡风轻的风景，相爱的人再相见，早已没有了多年前的恩怨，只剩下了那一种对于往日的怀念，永远涤荡心田。"重逢无意中相对心如麻，对面问安好不提回头路，提起当年事泪眼笑荒唐，我是真的真的真的爱过你。说时依旧泪如倾，星星白发犹少年，这句话请你放在心底。不要告诉任何人你往哪里去，不要不要跟我来，家中孩儿等着你，等爸爸回家把饭开……”

有些事，在最初之后，就注定再也做不到。毕竟，你已有了你的责任，而我也将有我的归途。走吧！走吧！人生难免经历苦痛挣扎！

题外话：曾有读者在当年林慧萍（这首歌的原唱）发行的小卡带上，找到了分手以后梁光明写给三毛的话，文笔深刻，感情细腻，果真一副台大才子的风范。可惜，时光久远，如今那段温润人心的话语早已遍寻不得。正如这段半路夭折的美好恋情，凌乱地四散在风里……啊，这是三毛的初恋，好像也是我们很多人早已化作回忆的初恋。

爱之红舞鞋，三毛得到一段刻骨铭心的初恋记忆，也得到了更多的创作源泉。这一匹马，帮助三毛开启了一段远走天涯的人生之旅。

马德里风光，旖旎之夏

一生之中，你要去哪个地方漂泊，并不是每个人都想去自己生活以外的地方看看。想起我和儿时的那些玩伴，如今我在遥远的京城，而他们依然安稳地守着小镇。

我不晓得人们面对伤害的第一直觉会不会都是想要逃避。对得不到的一份感情说再见的方式就是，我要到别的城市去，越远越好。想当初好朋友失恋，也是执意要离开拼搏了七年的城市，甚至连自己曾经最得意的工作都可以放弃。这样一份执着，使她越走越远，无意间把命运重新洗牌。

对于三毛来说，她是非走不可的。虽然那个时候，心里更多的是悲痛，是不甘。1967年，三毛飞往西班牙的首都马德里。她不知道的是，这座城市与自己在未来的岁月里即将缔造出更多的传奇与故事。她将在马德里大学哲学系进修两年。

仿佛是在突然间，天地间敞开了一扇光明的大门，人世间的境遇就是这样充满奇迹——有谁能想到在此之前，三毛还是一位自闭的少女，连家门都不敢踏出一步呢。看看现在吧，她只身来到了国外，将在没有任何亲人的环境里开始全新的生活，有些忧伤，又带点新奇。这是她第一次如此认真地感受台湾以外的世界——那个以前她只在书本上见过的世界。

西班牙，或许是与她有宿命渊源的。前两年，她还曾因为疯狂迷恋画家毕加索而深深地为这座城市痴迷！后来，又在偶然间听到了一张西班牙唱片，翻阅着那些风光旖旎的西班牙风景照片，三毛对这座陌生的城市充满了幻想。

只是随着年龄的增长和视野的开阔，那个想要嫁给毕加索的伟大理想，也渐渐淡如烟霞，消逝于生命。

三毛一生都在践行自己的理想。那张西班牙古典唱片，开启了这场早晚都要赴约的美丽旅程。所以，我大胆地猜想，失恋也并不等于她拔掉了内心深处的最后一根稻草，至少在情不自禁中，她已经给未来的自己留出一个方向。离开一段伤心的往事，让自己走进一片全新的世界——这个国度有着梦幻中的田园牧歌，白色的房子和一望无际的葡萄园，来到这座城市不亚于拥有了一次精神的洗礼。

三毛说：“我一直在想，是不是应该到那里看一次，然后把哲学里的苍白去掉。”

“把哲学里的苍白去掉”，这怎么听也不像一个真正来进修的人说的话。是的，三毛不是来这里进修的，她是来这里让自己的生命变得更加丰富，重获新生的。

三毛的父亲陈嗣庆曾写文记录了三毛初到西班牙的情形：

“三毛在西班牙做了三个月的哑巴、聋子，半年中的来信中从不说辛酸。她拼命学语文了。半年之后，三毛进入了马德里大学，来信中追问初恋男友的消息—可见他们通信不勤。”

陈父还曾回忆起，当初三毛离开时，口袋里仅仅放了五块钱美金现钞以及一张七百美金的汇票单——这使他这位做父亲的感到难为情。按照当时的经济能力，家里真的只有这么多了。父亲心知女儿是倔强的，她来信不说辛苦未必真的过得就不辛苦，她只是懂得这是自己选择的路，不管怎样都要埋头继续走。

热情奔放的生活已然来到眼前，你无法故意忍着，让它走开。我想，三毛的改变一定与当地热情的民土风情是分不开的。有一次，她在电视上看到西班牙人狂欢舞蹈、传送酒袋，她就不自觉地感慨着：“深爱西班牙民族那份疯狂和亲热，人与人的关，只看到那一只只你也喝、我也喝的酒袋，就是最好的说明。”果然，看完节目，三毛就很着急地去找属于她的酒袋了。附近的地方没有，她竟想都没想就揣上准备用来拔牙的十美金，忍着牙痛，坐车去了塞戈维亚，终于被她得到一只黑酒袋。一颗悬着的心这才放下。

只是酒袋有了，可牙痛还在，心情仍旧不好。她身无分文地去了诊所，竟又凭着一个近乎荒谬的酒袋故事，成功博取了一位牙医的同情心，最终得到一针免费的麻药——看吧，三毛就是具有这样的魅力，她总是不按规则出牌，却也能将事情很好地圆场。她一直都注重精神上的一切，恋爱的精神被摧毁了，也有别的办法用别的精神来给补上。这其中的一部分，就是旅行。

想一想，三毛大概是如今很流行的年轻人“穷游”的鼻祖了。她的那句“吃白面包，喝自来水，够活”是顶经典的穷游策略了。一个人想去一个地方，是不需要太多钞票的，只要能够满足生存的基本需求，内心就能收获圆满。这是三毛给我们种下的最美的一颗旅行的种子。

就像看她的文字，都是那么真实而简单的东西。她曾说：“没有真情实感的文字不会去写。”也正如她走过的路，没有牵引她灵魂的地方，她从来不会前往。就是这样，渐渐地，一些东西改变了她的性格。她来新天地是为寻找躲避失恋的容身之所，如今竟意外获得全新的生活。三毛的笑，也是丝毫不掩真心的。我猜，她之所以会那么极端地游走于苦与痛之间，只是因为她是一个纯粹的人。

只是这样的三毛，曾很想为了免于别人的失望，而小心翼翼地试图改造自己。在马德里，她住在天主教修女办的宿舍“书院”里。刚来的几个月，三毛听从父母的教诲，每天都会自觉开窗、扫地、换花瓶水、擦桌子，收拾打扫宿舍卫生，活活像个保洁丫头，忙得不亦乐乎。心情好时，她还会主动帮别人整理床铺。甚至别人借她的衣服，涂她的指甲油，她也会欣然应允。只是渐渐地，三毛就无法容忍了。因为有些女生借了她的东西，过了很久都没想过真的来还。眼看着她花钱为自己买的心爱之物，一件件都飞到了别人的口袋，她真有些气不过，恼怒的时候一遍遍地想着父母的教诲。可是，“吃亏真的是一种福分吗”？

一个冬天的晚上，三毛的忍耐终于到达了顶点。当时，那群顽皮的女孩子们正挤在三毛的床上，偷喝着弥撒的甜酒。而这种事在这里是绝对不允许的。考虑到纪律问题，三毛没有加入她们。果然，不一会儿院长就闯进宿舍来了。女孩子们一下全都从她的床上弹开，还没等三毛反应过来，院长一把扯过三毛的衣服，对她破口大骂，认定了是她引诱女孩们这么做的！三毛受了冤枉，却再也不是十年前那个懦弱的自己了，她一把甩开院长的手，声嘶力竭地朝对方怒吼，继而跑出房间，不知从哪儿弄来一把扫帚，抄起来就向人堆里猛劈猛打。

这下，宿舍里可真的是鸡飞狗跳了。一个女孩不小心腰部中了一下，她又朝着另一个女孩的胸部狂踢，最后连德高望重的院长也没放过，直接举起一个花瓶朝她砸了过去——啊呀，三毛瞬间化身为美少女战士，像惩治妖怪一样把这些人打了个七零八落！

打完了架，三毛累出一身汗，可却满足地笑了。她再也不是那个逆来顺受、无力反抗的小女孩了。今日的三毛，完全可以依靠自己的力量，给她清洁美好的未来！

最令她感到骄傲的是，或许因为她是为数不多的来自中国的姑娘，有着黑色的头发和眼睛，使她意外地成为男生们热情表白的对象。每当夜幕降临的时候，那一首首动情婉转的情歌就会透过外面的窗子流传开来，为她带去心田上的一抹温暖，这一切仍可在陈父的信中有所体现：

“一年之后的那个女孩子，来信不一样了。她说，在女生宿舍楼，晚上西班牙男生‘情歌队’来窗外唱歌，最后一首一定特别指明是给她的。她不见得旧情难忘，可是尚算识时务，在异国他乡开始了新天地，交起朋友来。学业方面，她很少说，只说在研读中世纪神学家圣·多玛斯的著作。天晓得，以她那时的西班牙文化程度怎能说出这种大话。后来，她的来信内容让我们感觉很遥远，她去念‘现代诗’‘艺术史’‘西班牙文学’‘人文地理’……我猜想她的确在读，可是字里行间，又透露着她在坐咖啡馆、跳舞、搭便车旅行，听轻歌剧……这种蛛丝马迹她不明说，也许是以为不用功对不起父母。其实，我对她懂得享受生命而感到内心暗喜。”第二年，三毛跑到巴黎、慕尼黑、罗马、阿姆斯特丹……她没有向家中要旅费，她说‘很简单，吃白面包，喝自来水，够活！’

在马德里，三毛真的治愈好了自己的感情创伤，有了新的天地，对生命有了全新的感悟，一步步变成日后那个开朗、大气的知名女作家。

只是不知何时染上了烟瘾，一根一根总是抽得很凶。我不了解女生抽烟是何种欲望与感受，只是觉得性情复杂的人，烟会更喜欢找上她们。不管怎样，对三毛来说，西班牙此行终究还是利大于弊，而这座城市以后还将为她的生命带来更多的惊喜！

出发吧，生命！

在这一节中，我想随心写写自己对三毛和对生命的理解。

三毛的父亲陈嗣庆给三毛的信中有一句话很让我感动：“其实，我对她懂得享受生命，内心暗喜。”我私心想着，这是一个怎样用心和真理在疼爱着自己女儿的父亲！有这样的一位父亲，三毛是很有福气的，因为这世上并不是每位父亲都能有如此正确而清醒的认知。

或许是从大学毕业后的二十四岁出头吧，我渐渐感觉到生命背负着很多责任。读书时有读书的任务，参加工作后有工作的任务。人的一生，有为人子女、丈夫、妻子甚至为人父母的责任与义务，兜兜转转，我们每个人似乎从生下来就已被安排好了角色、安排好了一切。最令人窒息的是，当你后知后觉懂得这一切时，却只能惋惜童年以及少年那些最美时光的逝去。

三毛的成长，就是一部世界不懂我的血泪史，至少她连一般孩童理应获得的快乐都不曾有过。我曾看过一些写三毛的传记书，有些就曾厚颜无耻或者说残忍地剖析三毛的童年之所以不快乐，是因其自身所致——因为其他小朋友也同她一样，会因为功课不及格而受到老师的批评甚至人格侮辱啊，怎么别人没事而三毛就不行？持这种想法的人我暂且不去理论她有没有站在三毛的角度考虑问题，我只知道在她说出这种想法的那一刻——她就没有抱着真诚的心去了解三毛，阅读三毛。她当时只是十几岁的孩子，且不说自闭这种事她本身并没察觉，就是监护着她的父母恐怕当时对这种病症也没太多关注和理解。试想一下，抑郁症是在2000年以后才开始得到社会的重视，并且直到现在，大家还总觉得对于抑郁的病人，旁人只要多鼓励，多带他们去见识外面的世界，一切就能好起来，这种想法是多么幼稚！

三毛崇尚自由。或许少女时代的她不爱与外界进行过多的交流，可是在她的内心深处，却无法真的不去爱一朵花、一棵树，和那人间的春风！只不过，她对世界的了解，不是通过与周边的人们聊天说话，而是一行一行透过白纸黑字的书籍！难道这样就要说她是个奇怪的孩子？

坦白说，我一开始觉得小小的三毛喜欢去坟地玩耍也不可思议，可是最后想想，那是每个人生命的最终归宿。人是从母体中来，最后回到大自然中去。坟地难道不该是一切的开始与结束？或许，她只是比我们更早地热爱上生命的归宿了吧！

我在三毛的履历中很努力地看，也没能得到她是一位优秀学生的结论。就连她的父亲也曾说过，三毛出去游学，更多的不是提学习，而是醉心于生活。她比我们这些人都活得更加透彻。并不是说学习不重要，甚至为了生活可以抛弃它。只是觉得，生命的真谛在于行走，在于了解周遭真实的一切，在于与万事万物的灵魂合一，而不是背诵几篇文章，默写几篇课文，就可以走遍天下无敌手了。

三毛需要更多的游历，去见更广阔的天地，才能成全自己。她早早知晓这一切，在身体力行的情况下踏上征程，不正比我们这些人先进了太多？回想我身边一些上了年纪的长辈，似乎也都是年轻时为了生活奔波劳累，在老去时再无时间可供浪费，才后悔没有买张机票去看心心念念了一辈子的富士山和樱花树。

你的领悟来得太迟。你的愿望将注定成空。

生活原本就没有一成不变的规律，每个人的一生将以何种方式度过完全是公民个人的自由。不管你选择怎样的生活，只要做自己喜欢的事，就是最正确的。

前一阵子，我大概因为翻佛学方面的书太过频繁，总是能看到一些领悟生命的句子，其中印象最为深刻的一句就是："见天地，见众生，见自己。"有人说，旅行不是为了看遍世间的繁华，而是为了找回最初的自己。我比较同意这种说法。不去向往的地方走上一走、亲眼看上一看，或许，你真的会以为人生不过如此，世界不过如此。

有时候，人的思维是很窄小的。拼命地以为眼前所经历的一切就是众生了，却不知道，这世界的另一头，真的有人在过着你所梦想的生活。回头看看三毛，不同样也是通过第一次的西班牙之行获得开悟，进而领略到恋爱以外的生命的美好。

试想，如果她当年没有离开台湾，仍然守着所谓的爱恋以期得到一份圆满的回答，那她还会变成日后那个风靡全球的温暖作家吗？想必，一身的文学天赋也会就此夭折，与她的初恋一起埋葬在今生吧！

永远不要胁迫一个人去过他不想要的生活，这是爱情给三毛上的第一课。但是真正地学会放手，是在西班牙待了一年以后才领悟到的。有时候，环境对一个人的理解是超乎想象的。

“见天地，见众生，然后见自己。”其实，人活在这个世界上，不管是活泼开朗、乐于交流，还是沉默寡言、乐于清幽，始终都与这个世界保持着千丝万缕的联系。一个人不可能真正地孤独，不管她怎样地生活，也还是周旋于一个集体的社会。见天地，是为了见天地之间的自己；见众生，也是为了见众生之一的自己；见自己，就是能眼界开阔地放下以前种种的偏执，认真地审视自己，温馨地、诚意地与自己达成和解。

我深信，哪怕是再完美的一个人，也有过于自卑或对自己不满的一刻，那是人人都有的自尊心。见过许多别的风景，人心深处自会有比较、有妒忌、有羡慕，会因此而惴惴不安、流连忘返，从而认识到自己的差距，我得说这是一件绝对的好事。可要偏执于自己的这点不完美，生命即会渐渐演化成一种病态的颓废。三毛有过这样的时刻，那是一个敏感少女很容易就“误会”生命、“误会”自己的年代。

回想我的少女时代，也曾有过对自己深深的抱怨与懊悔，我没有邻座的同学分数高，也没有她那么好的计算能力。那时的我，完全看不到自己身上的光芒，却唯独痴痴地为别人的骄傲而自责。走出去见天地，就是为了回头去发现自己的美。在那些你所尚未踩踏、生活过的土地上，一旦走出去，你便能看到还有比你更弱势的人却在过着一种更富创造力的生活。

没人知道，从一个天性忧郁自闭的少女成长为一位自信优雅的作家，这期间三毛经历了怎样的心路历程？尽管她自己从未肯定过“这是一种乐观，而自己拥有积极向上的生活态度”，可我却真实地感受到了一种震撼——没有得过抑郁症的人没有资格评说她的所有选择，或许“幸运的我”也将永远游离在这项规定外，但我们都是有过人生苦难的一群人。随着年龄的增长，对生命或许会有更多的感悟与理解，在恋爱失败时能够学会放手，在踌躇不前时选择放逐自己远行，看过三千世界后总能适时找回内心早已丢失的平静——这，已经足够。

我的一位朋友曾说：“生命是用来浪费的。”浪费给你的眼睛，用它去追逐一棵树的成长、一朵花的凋谢、一片云的游走；浪费给你的耳朵，用它去聆听黄鹂的清鸣、大自然的风声、母亲的呢喃叮咛；浪费给你的四肢百骸，用它们去亲近你热爱的人群、抚摸爱人受伤的灵魂、捧起生命里最美的传承。

在健康的时候，我们的每一个日子都很正常，你可以为了养家糊口暂时放弃游历四方的理想，却在得病的一刹那，无比渴望自己已身在远方——这才懂得，人首先是为了自己活着，才能为别人更好地活下去。

生命不能承受之轻，在于每个人都不会那么一帆风顺，你不会是天之骄子，你的生命注定要承受诸多的苦痛。如非要追寻来人世走一遭的意义，或许就是为了体验生命。每个人或许都带着各自的使命，但请永远别忘记最最重要的是自己。没有谁能笃定，未来会是一片鲜艳铺满归程。我们能拥有的、能把握的、能珍惜的，只是一个当下。

对生命的珍惜，大概就在于不要去叛逆和曲解它的本意，认认真真地跟从自己的心，走吧！

或许未来的某个时刻，你不知道自己会不会后悔。只有一条，选择自己喜欢做的事情，尊重自己的每个选择，是亘古不变的真理。

哪怕三毛最后还是选择了“轻生”这条路，她的生命她爱过，活着的那些岁月她尊重过，也便足矣！

所以，出发吧，生命！

第三卷

撒哈拉的故事

总感觉三毛与荷西的爱情，有些周云蓬《不会说话的爱情》的意味。歌词里写道：“我们烧自己的房子和身体生起火来。”两个人能在一起，总是会有原因的——三毛对爱的认真执着，荷西对爱的固执己见。

初识荷西，最好的年华遇见你

总感觉三毛与荷西的爱情，有些周云蓬《不会说话的爱情》的意味。歌词里写道："我们烧自己的房子和身体生起火来。"两个人能在一起，总是会有原因的——三毛对爱的认真执着，荷西对爱的固执己见。

也愿意相信，上天是有意让这两个人走在一起的——因为三毛在西班牙是很受异性欢迎的，热爱她的男孩不少，痴情的还有一位来自日本的男孩。据说这位外国友人用一切女孩受用的方式，讨好着三毛，出手阔绰，几乎愿意为三毛购买所有她的梦想。三毛也很喜欢对方，直到他开着一辆新买的车来向她求婚。

所有的人都以为他们就会这样好了，可三毛却像当初梁光明拒绝自己一样，狠心地拒绝了对方。她说不清楚拒绝的理由，大概就是对"结婚"心生惶恐，还对那个因情失败的自己耿耿于怀。

1967年圣诞节的一个晚上，三毛在朋友的家中做客。正在此时，一个男孩从楼上跑了下来，向主人问候着"平安"。三毛坐在客厅，听到一个温暖的声音，她急忙探出头来看，惊讶地张大了嘴巴——“世界上怎么会有这么英俊的男孩子？”那一刻，她的心好似触电。从那以后，三毛便常常去朋友家里玩。因为男孩就住附近，所以时间一长，他们之间相互熟悉起来。

那一年，三毛二十四岁，荷西十六岁。常常在一起玩耍，使两个人之间建立起深厚的“革命友谊”：“他的西班牙名字是Jose，我给他取了一个中文名字叫荷西，取荷西这个名字实在是为了容易写，可是如果各位认识他的话，应该会同意他改叫和曦，祥和的‘和’，晨曦的‘曦’，因为他就是这样的一个人。可是他说，那个‘曦’字实在太难写了，他学不会，所以我就教他写这个我顺口喊出来的‘荷西’了。”多年后，三毛回忆起他们之间的事时这样介绍说。

一天，三毛在书院读书的日子突然变得不安静起来，她的几位同宿舍的女孩，统统围着她叫嚷着：“表弟来喽！表弟来喽！”三毛听着有些奇怪，她并没有表弟，这到底是怎么一回事？于是，她赶忙探头朝着窗外望去，才看到一个男孩子，怀里抱了几本书，此刻也正战战兢兢地朝她望着，咦，那不是荷西吗……

三毛有些好奇地走到他身边，第一句话就问：“你怎么来了？”荷西紧张到不敢说话。于是三毛又问：“你的课不是还没有上完吗？”荷西这才回说：“最后两节不想上了。”三毛有些生气，用一个大姐姐的口气对荷西说：“你来做什么？”荷西这才从口袋里掏出十四块的西币，热情地邀请三毛说：“我有十四块钱，正好够买两个人的入场券，我们一起去看电影好吗？但是要走路去，因为已经没有车钱了。”三毛有些诧异，要知道他才念高中，比自己小了八岁。但她还是大方地答应了他的请求，谁知道他第二天、第三天、第四天……又来了。

就这样，荷西成了别人口中三毛的“表弟”。三毛以前读书时也爱逃课，可是她不太像荷西这样，于是教训他说：“以后不要来了，这样逃课是不行的！”可是荷西总“忤逆”表姐的意思，他还是常常来找三毛。两个人都没什么钱，大部分时间就在街道上走走，去免费开放的公园待一会儿，或者随手捡捡别人不要的垃圾，随口称赞一句：“好漂亮的铁钉呦！”

渐渐地，三毛开始有些心慌了，虽然她打心眼里喜欢这个表弟，可是他毕竟大学都没有上，是没有什么安全感的。

有一天，荷西照旧来找三毛。两人走到板凳前，三毛坐下来对荷西下命令：“你从今天起不要来找我了。”

荷西却不以为意，他从一开始就没听过这位表姐的训话，否则也不会有逃课看电影和逛街的事。荷西虽然刚满十六岁，正在念高中，却胸有成竹地有一副大人的样子，他此时正望着三毛的眼睛，认真地对她表忠心：“再等我六年，让我用四年念完大学，两年服兵役，六年以后我们就可以结婚了，我一生的愿望就是有一个很小的公寓，里面有一个像你这样的太太，然后我去赚钱养活你，这是我一生最幸福的梦想。”听了荷西的话，三毛突然一下愣在原地，这多像是另一个对爱情和婚姻充满了渴望的自己，就在不久以前，她也曾这样对别人诚惶诚恐地表明真心，可却遭遇了残忍的拒绝。

可是，荷西为什么会对三毛这样一个外来的中国姑娘这样说呢？了解到荷西的家庭和出生背景，就不难解释这一切了。

荷西出生在位于西班牙南部的哈恩省，他的家乡种满了橄榄树，收入颇丰。他的上面有两个哥哥和四个姐姐，下面有一个妹妹。

和大多数西班牙家庭一样，荷西一家都是天主教徒。遵循家长的意愿，荷西还在娘胎时，就接受了父母的宗教。可这样一个孩子却是家庭中的“另类”，不像其他兄弟姐妹那样热爱学习，成绩也常常不太优异。尽管父母对他的管教很严格，却仍抵挡不住荷西的任性。或许家里的孩子太多了，父母两人的爱无法平均分配。荷西总感觉自己的家庭是不温暖的，他同三毛一样，在很小的年龄就开始幻想爱情了。希望有一天可以建立起一个只属于自己的温馨小家，有一位温暖的妻子陪伴左右——而他所幻想的心爱妻子的面貌，就是一位黑头发、黑眼睛的东方少女。

看看，与我们的三毛均是一般吧，真是一对敏感早熟的少男少女。

三毛听着，有些想要流泪，她能感觉到荷西说这些时的认真。不过她毕竟已经不再是爱做梦的小女生，经历过一次失恋使她对爱情有了更深远的看法，于是仍然拒绝：“荷西，你才十六岁，我比你大很多，希望你不要再做这个梦了，从今天起，不要再来找我。如果你又站在那个树下的话，我也不会再出来了，因为六年的时间实在太长了，我不知道我会去哪里，我也不会等你六年。你要听我的话，不可以来缠我，如果你来缠我的话，我是会怕的。”她不知道荷西能不能懂她的话，只是那一刻，间隔六年的差距打败了她一直秉承的天真。其实，她也还是那个对待爱情勇敢无畏的三毛，只是，她真的没办法对一个十六岁的男生承诺些什么。

那天，他们就在马德里皇宫的一个公园里的小坡那儿分手了，三毛不相信荷西会就此放手，她也是从十几岁的年龄过来的，知道那个年纪男孩所特有的固执，所以还是一次次提醒着："你不要再来缠我。以后我出门，是会跟班上的男同学出去的。"

但她没有想到荷西很平静地答应了，并且告诉她："除非你自己愿意，我永远不会来缠你。"然后，他忽然笑了，挥舞双臂跑了起来，一边跑一边回头对三毛嚷着："Echo，再见！Echo，再见！"

那天夜晚，很少下雪的马德里居然飘起了雪花。一片片晶莹的小花融化在三毛的掌心里，渐渐带走了这个男孩高大欢乐的身影，几乎有那么一瞬间，三毛就要脱口而出："荷西！你回来吧！"可是，她没有。

倔强如她。二十出头想要结婚却被别人拒绝，如今在异国他乡等来一场告白却主动放弃。为什么上天要她在接受自由的洗礼后，才要遇见一场可以相守的爱情……

从那以后，荷西果然遵照约定，再也没有来找过三毛。我猜那时候，她的心里是既得意又有些伤感的。不过，好在他们都还生活在同一座城市里，三毛上街时偶尔也可以碰到他。他果然很有绅士风度，每次都会以西班牙的礼节同三毛握手，亲吻脸颊，而三毛也客客气气地向对方介绍自己的身边人，有时甚至会是她的男朋友。

荷西一概很礼貌地同对方握握手，一点都不异样。

我想，三毛在那一瞬间，一定没能想到一个十六岁的男孩子竟可以做到这般地成熟自然。他虽然非常渴望拥有一份爱情，可是更加懂得尊重对方。因为是心上人亲口说出的要求，所以他放在心里，真的做到“不去再纠缠”。也许，从那个时候起，原本就对荷西有着很好印象的三毛在心里更加坚定了一份对他的感情吧！

我忽然想起上个周末刚刚看过的一部爱情电影，那里面一位罹患癌症即将去世的母亲对她的女儿说：“长大了，一定要找一个懂得尊重你的男人。”

也许对于一段真正长久的真爱来讲，暂时的不接受只是一种适时的过渡，人总是要变化的，不管外貌还是内心。聪慧如三毛，想必懂得——当荷西说出那个跟她有关的梦想，就算她拒绝，纯真而美好的愿望也早已在她心底生根发芽。待六年的时光过去，约定达成，他与她各自成熟着、成长着，但凡有心，总还有能够重逢的机会。

是的，我总相信，如今人与人之间的信任是如此岌岌可危，以至于哪怕相爱也很需要对方给一个保证，不然任意一方都很容易丧失安全感，而真正彼此深爱的、有心成全一段奇缘的，就算是当时拒绝，也都会有一天终成眷属！

这就是三毛与荷西的爱情为何会如此动人、令人充满向往……

漂流德国，我的爱是一场放逐

爱情若有模样，一定是个顽皮的小孩童，喜欢跟大人玩捉迷藏的游戏，喜欢把一份直来直去的夙愿，兜兜转转地折叠、存放，让人着急，让人哭泣，让人忏悔，才肯最终交付。我深信这世界上所有的“一见钟情”，但并不是所有“一见钟情”后的男女都能火热地燃烧起一份爱情。

也罢，曲折蜿蜒的路途总有最美的风景。多一些感情的经历，对于某些人来说，或许意味着更懂得珍惜那命中注定的人。

时光如梭，转眼间三毛结束了在马德里大学的两年课程。父母打电话催她回台湾，但三毛初尝旅行所带来的甜蜜，临时决定不回国。生活总要继续，她为自己选择的下一站是德国。

彼时的三毛，早已不是初到马德里为了躲避失恋伤痛的小女孩了，她在大学里受到积极向上的教育，眼界也变得更加开阔。为了筹措旅行费用，她在一个岛上做了三个月导游，与之最亲近的背包里放着一张马德里大学文哲学院的毕业证书——这已是她的全部家当。

关于德国这个国家，过去三毛只是从地理书上看过那些蜿蜒、充满神奇的山脉、河流，只从父亲口中听闻过关于那些名人的故事、传说，小小的三毛在心间种下一粒向往的种子，她一定没想过自己这一生真的可以踏上异国的土壤，前往梦想的国度。

虽心驰神往，但双脚踏上河流山川的那一刻，三毛内心还是收获到了满满的感动。行走于巴伐利亚高原之上，领略莱茵河两岸醉美的风光，赞叹阿尔比斯山的宏伟雄壮……还有那么多历史悠久的名人文化。

人常说："读万卷书，行万里路。"三毛是最完美的综合者与实现者，她将自古文人贤士毕生所向往之事做到了极致，我们如今的后辈也只能勉强做到"身体与灵魂，至少有一个在路上"。

三毛来到西柏林歌德书院，向校方出示自己的毕业证书和申请入学资料，虽得到对方的认可，却被要求学习德语，并获得高级德文毕业证书，否则将不予批准入院。于是，三毛开始了魔鬼式的德语学习，几乎把所有的时间都用来攻关德语。

三毛对于既定的事情，总有一种"志在必得"的决心。除非争取到决然无法实现的地步，否则拼尽全力也要得到。特别是关于学习德语这件事情，仅仅凭靠她的努力就容易实现得多，自然就更不会轻易放弃。在那段时间里，三毛简直成了德文的代言人。不管做什么、去哪里，嘴里都嘟囔着德语，每天她扑在学习德语的时间上长达六个小时，下了课还要找当地人练习说口语。正是这样一种偏执，使三毛成功起来也相对容易。

有人说，"只有偏执狂才能成功"，大概就是这个道理。

偶尔，她也会厌倦这样枯燥的生活，毕竟骨子里仍有浪漫的因子。德国人的严肃和严谨在全世界是出了名的，生活在德国，三毛由衷感觉到一股无形的压力，她曾不无遗憾地说："德国人凡事认真实在，生活的情调相对地失去了很多，我的课业重到好似天天被人用鞭子在背后追着打着似的紧张，这使我非常不快乐，时间永远不够用，睡觉、吃饭、乘车都觉得一个个德国生字在我后面咻咻地赶。"

特别在这种情况之下，三毛的生计仍然困难。虽每月都能收到家人的生活补贴，但德国相对高昂的消费还是使三毛感到吃力。饮食上，是再简单不过的黑面包与饼干；外出游玩，三毛也只能挑选特定时间免费对外开放的公园。但她怡然自乐，乐在其中。

平淡的生活，因意外邂逅了两场爱情，忽然变得丰富多彩。

在德国，三毛有两段恋情，一段发生在西柏林，一段发生在东柏林；一段平淡而持久，一段热烈而短暂。

不置可否，三毛对每段感情都怀抱着十二分的热心与诚挚。在三毛的骨骼里，流动着一股浪漫的爱情血液，然而煞风景的是，她的这位西柏林的德国男友，或许是因为其成长环境的特殊，其本人有着很强的自律意识，连卧室里东西的摆放位置也绝对不可彼此"僭越"半步。最令三毛难以忍受的是，他每次都要在枕头下放着收音机。据说，这位男友一生最大的志愿，就是在有生之年可以成为一名骄傲的外交官。可想而知，三毛生活在原本就很压抑的环境下，好不容易谈场恋爱，竟还时时刻刻被这样一位严谨的男友所感染着。他们每一次的约会，就是一场地地道道的"学习交流会"，男友甚至不允许三毛笑。

在这样拘谨的类似于拘捕嫌犯的情态下，三毛失却了所有的主动性，甚至失却了一个女孩在恋爱中应有的欢喜姿态。更要命的是，这位男友丝毫不懂体贴与呵护。有一次，三毛因考试成绩差而在他面前号啕大哭，以期能得到一点宽慰，却不想这位男友面对哭到头发凌乱的女友，只有无尽的苛责，嫌弃她德语太差，将来一定无法胜任外交官太太。三毛虽然怒不可言，但更多的还是伤心。

从此以后，三毛对这段爱情几乎是失望透顶。果然，这位德国男友最终披荆斩棘，实现了他的宏愿。三毛也历经九个月苦读的洗礼，成功地通过了德文高级班的考试，拿到了德文教师资格证书。她怎么也没有想到，就在自己丝毫没有准备的情形下，这位德国男友敲响她的家门，一本正经地前来向她求婚了。

然而，三毛并不开心。她委婉地拒绝了男友，只留给对方一个孤决的背影。是啊，她这样一个来自异国他乡的女孩子，面对最深邃的孤独、最渴望得到安慰的夜晚，都不曾得到对方一句温暖的话语，到了如今，求婚又有什么意义。

我曾听人家说过一句话：“在我最想要的时候没能得到，那么，就算日后我有一万次机会能够得到那个东西，也都不再想要。”最重要的时刻，是最有仪式感的时刻。黄花菜都凉了，还谈什么别的呢？

自此，三毛就成为这位德国男友一生的等待。据说，他一直等到三毛结婚，荷西去世；据说，他后来飞往台湾，再一次地向三毛求婚；据说，他一直等到三毛离世。

三毛姐姐陈田心形容这位军官："很好的一个人，彬彬有礼，文学的修养都很好。""我和母亲都跟她讲，妹妹这个可以了，这个男士不错你就答应吧；但三毛左思右想，有一天她跟我说，姐姐你想一想，若是我穿上一身黑色长礼服，足上蹬着三寸高跟鞋，头发挽起来，拿着一杯香槟酒，周旋在宾客之间，你觉得这是我吗？你觉得我可以过这样的日子吗？不、不、不，我不能答应这件事。"

对此，姐姐总结说："三毛知道谁才是自己真正需要的丈夫，什么才是她需要的生活。"所以，我想，这可能不是那位军官的错，只能说两个人有缘相爱无缘相守，德国男友对待求婚的这种认真严谨的派头，何尝不是他对待恋爱与生活的一贯态度——他对待爱情的方式，不是三毛想要的归宿。可见相爱容易相处难，爱情除了要两个人相爱，更重要的还需要彼此合适。

西柏林的爱情坚韧如冰山，任年月变迁依然不改容颜；东柏林的爱情，则如一场突如其来的熊熊烈火，热情洋溢，自始至终都伴随着生命的燃烧与灵魂的阵痛。

三毛与这位男友的相遇，绝对是上天的恩赐。那一年，德国的冬天异常寒冷，使自小生活在台湾的三毛非常不适。但她的内心仍然热得像一团火，对周遭的一切充满了好奇。一天，三毛为成绩伤神起床晚了，干脆放弃上课的念头，独自一人绕着柏林墙走，走着走着，不知不觉就来到了东柏林。她正恍惚着，一抬头，眼前突然出现一位长相俊美的德国军官。那一刻，三毛因昨天伤心哭泣而有些臃肿的一双眼睛，正对上了军官的那一双深邃而燃烧着热火的眼睛。四目相对的一刻，恰如电光火石。

德国军官好似一眼望穿三毛的心事，热情地用德语赞扬她说："你真美！"那一刻，三毛心动了，因为成绩不好而滞留的灰色心情一扫而光，脸上露出浅浅的笑。

可是，匆匆一面，他们就要说再见了。没有更多见面的理由，三毛的兴奋才维持不过几分钟，很快就要以一种伤感而收尾了。她是如此舍不得——相逢只意味着永别，这多叫人无奈！

没想到返回时，还是"意外"地遇到了他。三毛一下就明白了，对方是有心而为之。

站在离别的车站前，他们不再多说一句话，只彼此紧紧盯住对方，仿佛要将一生的情感都用尽，因为彼此都知道这一次的分别将意味着什么。三毛还有学业未完成，终究还是要回去的。而德国军官，他的一切都在这里，也不会选择跟三毛走。

在不舍分秒的注视中，最后一班车还是来了，时间成了这段爱情的最大杀手。他催促着她，她心中万般地不舍。眼看着车子就要开动了，他用力一下把她推了上去，"呜呜"的汽笛鸣响载走了心上的人儿。她在移动的车上望着他的身影，哭到泪眼婆娑，彼此心中的那份无奈与不舍，只有天晓得。

回到西柏林，三毛就病倒了，高烧不止，心痛难忍，嘴里不断地呢喃着那位连姓名都没来得及问出的人。

有风无花，有雪无月，这场突如其来又悄然离逝的爱情，正如这场高烧，烧退了，心里爱的温度也就灭了。只是在三毛的身体里，大概永远会留下这样一段甜蜜又痛楚的记忆吧，至少我这样认为。

从美国到台湾，行走的意义

“人，或许总是贪心的。哪怕一个人日后有很健康很完美的婚姻，也都无法保证他十分满足，不会再想起以前恩爱过的恋人。”这是某位已婚明星，上节目访谈偶遇曾经的“初恋”，眼眶泛红地真心祝福对方可以幸福，才更坚定了这样一种看法。

每段感情都有其自身的意义，像每个人吃过的苹果、香蕉，自然而然地被分解消化，然后滋润着肌肤、血液，滋补着身体。有些路过的爱情没缘分，该放手的时候就要放手。

1971年，三毛继续着她的异国求学之旅。这一次，她敲开了美国芝加哥城的伊利诺伊大学的大门，并且顺利地申请到了一个主修陶瓷的学习机会。当然，为了照顾生计，她还求人帮忙在这所大学的图书馆谋到了一份兼职。

受堂哥的委托，一个留学美国的中国在读博士悄然走进了三毛的生活。他原本只需要偶然照顾下三毛的日常生活即可，却终于为三毛热情洒脱的性情所吸引，遂展开一段热烈的追求。终于有一天，博士向三毛表白了，他对着当时正在狼吞虎咽吃着一个三明治的她说：“现在我照顾你，等哪一年你肯开始下厨房煮饭给我和我们的孩子吃呢？”听到这句话，三毛正往嘴巴里送食物的手突然停在半空，脑子里“嗡”的一声有些沉闷，因为她对眼前这位殷勤的男士，除了感恩并无感情。

异国陌生的生活环境，大学里严谨刻板的课程，加上三毛面临的居留问题，离乡四年，如今三毛终于决定回家了。因有着非常完美的英文、德文、西班牙文功底，三毛在台北技有所长，在某家学院应聘成为一名正式的德语老师。

三毛的小弟陈杰曾透露，三毛非常有语言天分，能说中文、英文、西班牙文、德文、四川话、南京话、宁波话、上海话还有闽南语，可见三毛在语言学习上是有天分的。

四年时光将人蜕变。告别过去那个为爱伤神的小姑娘，三毛已经渐有成熟女人的模样。故乡之所以温暖，皆因有家人的存在。对于所有父母来说，孩子永远都是他们心头最大的羁绊。想当年，母亲缪进兰还曾为女儿的执意远行哭晕在船头，如今恍惚几年过去，日思夜想的女儿就这样突然现身眼前，给她带来太多的惊喜。几年不见，女儿似乎长瘦、长黑了一些，不过好在精神依然不错。最大的惊讶大概就是女儿虽学会了很多外国语言，却把中文都忘得差不多了。一天早晨，三毛睡醒竟然不自觉地用西班牙语同母亲讲话，待到起身刷牙，才想起自己已经回到了故乡。

更开心的是父亲。他迎接三毛的方式，就是去拾起早已束之高阁许久的网球拍。很早以前，父亲希望女儿将来能成为一位体育明星，尽管未能如愿，但如今女儿归来，陈嗣庆最开心的就是能和女儿一起打球、运动。为了使她出行方便，甚至还特意为其购置了一辆脚踏车。

每天清晨，父女二人都会循着第一声的鸟鸣，双双踩着脚踏车前往球场。我想，当望着隔了四年时光重回怀抱的女儿，他也开始学着体谅儿女们的个人意愿了吧！有些梦想，真的不能因为私心就嫁接在后辈人的身上。其实，到最后不管孩子们选择进入哪个领域，喜欢做什么，只要他们平安、健康，就是为人父母最大的幸福了。

从美国到台湾，三毛的足迹踏遍世界各地，增长了见识，陶冶了心灵。但对于她这样的人来说，无论走过、看过多少的风景，内心也仍然怀抱一片赤诚。尤其对待爱情，三毛仍是心生向往的，想要拥有一段浪漫的情愫。

一个偶然的机会，她结识了一个不三不四的男人，对他关怀备至，甚至不惜付出所有去拯救对方的灵魂。爱到深处，三毛愿意嫁给他，可到了快要结婚的时候，三毛才发现，对方原来早就已经结婚，是一个十足的有妇之夫。上当受骗的三毛，几乎一下又跌到深不见底的黑暗中。在那些天里，她的眼泪都要流干，心里有说不出的痛楚。孰料伤人之人对自己造下的罪孽不仅没有丝毫的忏悔，甚至还撒泼打闹，对三毛进行疯狂的侮辱，逼得其父陈嗣庆只好赔上了一幢房子，才息事宁人。

不得不说，如此这般见多了世面的三毛，也仍然未能在心性上真正地成熟起来。或许，人之性在个人出生的那一刻即已决定了吧，有些人活到老单纯到老，有些人则少年老成，十几岁就是一副心机满满的姿态。或许正是因为这样，爱情的伤痛在三毛这里，来也匆匆，去也匆匆。用不了多久，三毛又是一朵明媚向阳绽放的花朵。

心情好了，爱情自然翩然而至。在台北的网球场上，三毛结识到一位来自德国的中年男性。不知是不是曾有过的两段爱情经历，使三毛对德国男人有种难以言说的好感。这个国家总是能有那么多令人望尘莫及的绅士，“小资情调”的三毛或许就是容易被这样的男人吸引吧！

这一场爱情没有想象中那么轰轰烈烈。德国绅士温柔、体贴，对待三毛像朋友、像知己，也像自己的一位学生（因这位男士当时已经四十五岁，比三毛年长不少）。虽然没有太多的激情，但三毛很享受这种淡淡的情意。

德国人在台北一座大学做老师，骨子里却深谙三毛对于爱情的浪漫想法。于是，在一天他们正依偎在一起抬头望着星空时，这位绅士轻描淡写地奉送上一世的承诺：“我们结婚好吗？”

三毛几乎是想都没想地应了句：“好。”那时的她，一定认定这个男人会是自己一生的依靠，一定想过彼此携手奔向美好的未来。听到女友真挚肯定的回答，德国男人顿时湿润了眼睛。

我也说不上这两句简单至极的对话，究竟算不算是完成了一次神圣的求婚。那晚之后，他们真的做起了结婚的打算，一起去重庆南路挑选名片，又很小心细致地将两个人的名字分别以各自国家的语言写在正反两面。或许是两个有情怀的人，他们对于结婚所需置办的什物，也与世俗之人有着全然不同的理解，偏偏不会去买时下流行的那些俗物，一个小小的桃木都能使这对新人感到满足。

那时的三毛，想必满眼都洋溢着即将成为新嫁娘的喜悦。这一生，恋过爱过多少回，从注定要失去的初恋到异国他乡那几段夭折的恋情，三毛因其别样的至真至纯的个性，导致她的情路比一般的姑娘走得更为坎坷、艰辛。如今，终于要跟心爱的男人白首偕老，她的内心是欢呼雀跃的。

然而，天意弄人，上天偏不肯成全她的一生幸福。就在两人一起印制名片的那个晚上，就在两人一起沉浸在甜蜜中的某个时刻，三毛的未婚夫突然一阵心脏抽搐，猝死在三毛的怀抱里，顷刻间一桩喜事便化作人间惨剧！而这次意外的伤害，令三毛更加痛不欲生，前一秒钟她明明还在做着新嫁娘的美梦，转眼间就成了未婚夫的未亡人！望着此时已经在怀里失去呼吸的爱人，摸着他此刻早已凉透的身体，三毛万念俱灰。

几天以后，大家以为三毛都没事了，可以挺过这一关。她却在一个朋友的家里，默默吞了大量的安眠药。死亡，是她能想到的脱离苦海的唯一方式。不想评说三毛的意志力太脆弱之类的话，有句话叫作“男人有泪不轻弹，只因未到伤心处”。我们都不是三毛，无法知晓她当时是怎样的撕心裂肺，别忘记杀死自己也是一种莫大的勇气，一般人是做不到的。

幸好，奄奄一息的她被朋友及时发现，送到医院抢救，洗了几次胃才恢复意识。这次与死神的近距离接触，使三毛对生命有了更多的领悟。

台北，这座孕育出一代甜美歌后的魅力城市，风景优美、气候湿润，到现在仍是众多年轻人的应许之地。可这样一个美好的地方，却不是三毛的福地。失败的初恋、夭折的新娘梦…..三毛的爱情既没有在这里结果，也未能在这里开花。她回来在这里待了一年多，工作便换了好几份。

日子过得飞快。爱情的伤口再一次愈合，没有办法，人总要学会朝前看，不管发生什么都要学会相信：只要活着，就能等到奇迹。

一天，三毛赋闲在家，一位来自西班牙的朋友敲响了她的门。在故乡迎到异国他乡的朋友，三毛内心狂喜。两人简单地寒暄了几句，这位朋友突然眉头一紧，话锋一转，只见他不无好奇地试探着三毛：“三毛，你还记得西班牙，有一个名叫Jose的人吗？他说，如果Echo已经把他忘记了，就不要给她看了。”

三毛当然不会忘记。那个喜欢戴法国帽的小男生，那个跟她一样喜欢翘课到街上玩耍的男生，那个常常在树下等他还给了她一个六年的承诺的男生，恍惚间，六年的时光逝去了！三毛暗自想着，从朋友手中接过了信件，她刚打开信，一张照片从中滑落下来。

照片上的人正是荷西，可却不是三毛印象中的那个小男生了。眼前，一个身材健壮魁梧的留着大胡子的男子，此刻正穿着泳裤在沙滩上抓鱼。身后，是一片苍茫蔚蓝的大海。时光彻底将过去的那个小男孩，变成了一个英俊潇洒的大男人。三毛盯着照片看了许久，过了一会儿才对朋友脱口而出："这是希腊神话里的海神嘛！"

放下照片，三毛开始读起荷西写的信件来："过了这么多年，也许你已经忘记了西班牙文。可是我要告诉你一个秘密，在我十七岁那个下雪的晚上，你告诉我，你不再见我了，你知道那个少年伏枕流了一夜的泪，想要自杀。这么多年来，你还记得我吗？和你约的期限是六年。"

当初应允这个期限时，三毛更多的还是一句玩笑话。她以为六年的时间，足够让一个男孩变得成熟，他会遭遇很多成长中的必然经历，说不定还会喜欢上别的什么东方女孩。人间之事瞬息万变，明天的事情尚且说不清楚，又怎么好断定一个六年之约。三毛那时候一定觉得，荷西会在时光的淬炼中变成别的样子，然后彻底忘记"糊涂"时许下的诺言，听从命运的安排，做回世上的又一个普通男子。

可三毛得到消息时才懂得，荷西真的不是一般的普通男子，他可以成为痴情的海神，与之相媲美。但是三毛仍然犹疑了，她不可能应下这个约定的，以前不会，现在更不会。

只是她还是想起那个令她魂牵梦绕的国家。或许有些地方，身处其中并不感觉温馨，一旦离开却会疯狂地想念，不管怎样，毕竟曾在那个地方有过一场流浪，几年的生命都留在了那里啊！那些蔚蓝的天空不是假的，如夜莺一般婉转动听的情歌不是假的，荷西更不是假的。不管怎样，她还是应该亲自去给这段感情画上一个符号，句号或者其他。

西班牙，可是治愈她情伤的圣地。于是，三毛终于再次踏上征程，只是这一次，好像是回到了第二故乡的怀抱。所以，她走得很开心，没有任何的不快与决绝。

在台北，她做了这阶段最后的一件好事——为帮一个朋友筹集旅费，以很低的价格将自己的九首歌曲卖出。其中，最为知名的是那首《橄榄树》，经由台湾导演李泰祥重新编曲，谱写成台湾电影《欢颜》的主题曲，自此风靡东南亚,，日后更成为三毛的代表作之一。

“不要问我从哪里来，我的故乡在远方……”时至今日，人们唱起这首歌，脑海里便自动浮现出三毛的模样，这位至情至性的女子，开启了一个“流浪”的时代，她是红尘中最无悔的追梦人，没有之一。

重返西班牙，点燃爱的火花

命运的牵引也好，内心的流连也罢，三毛终是回到了西班牙。我们总会因为某地发生过伤心的事情，而从此对那里耿耿于怀；也会因某地遇到温暖的关怀，从此心生几处温暖。喜欢在能给自己带来幸运的地方待着，是希望能够借此获得更多的幸运。

然而，三毛飞往西班牙的路途并不十分顺利。由于机票出现一点问题，三毛需要到达伦敦机场后，再辗转到另一个机场换机。更倒霉的是，在去签证出境时，英国移民局因怀疑她有偷渡的嫌疑，不由分说就将她送去了拘留所。

三毛第一次坐班房，内心慌乱极了。像她这样一个如孩童一样简单的人，遇到这样的突发状况又怎能安静得下来，于是她在拘留所里用英语大喊冤枉，见那些人无动于衷，又直冲到办公室里继续嚷，扰得办公人员有些啼笑皆非。这无疑是小孩子处理问题的方式。

幸运的是，就在她的力气快要用光时，三毛被无罪释放，随后就被移民局用车一路送上了飞机。看着那群人又向她道歉又帮她提行李的样子，三毛露出了颇为得意的微笑。

几个小时后，飞机终于安全着陆在马德里机场。三毛如鱼得水，一路叫着跳下台阶。久违的马德里，依然拥有阳光灿烂的大好晴天，她闭上眼睛深深地吸了一口气，时光仿佛回到了一年以前。

只是她再也不必委屈自己寄居在修女宿舍里，和大街上所见的任何一位正值青春年岁的女孩一般，她可以过着无拘无束的单身生活——当然，为了生计，她还是需要找一份工作。

已经掌握多种语言的三毛，很容易就在当地的某所小学谋到一份小学教师的工作，所幸工作并不很累，每周只需要授课四个小时的英文。虽薪水不高，但三毛乐得其所，她原本就是一个对物质没太多要求的人，现在有一份工作能给予她足够的食物和水，日子倒也简朴、浪漫。

她和三个西班牙女孩合租一个公寓，在马德里的生活就这样开启了。令人匪夷所思的是，在安定下来的第一时间，她并没有主动联系荷西，而是同屋里的三个女孩，展开了对马德里这座城市“地毯式”的搜罗游玩，那三个女孩似乎看上去比三毛更贪玩，甚至有几次会在半夜叫醒正熟睡着的三毛，不由分说拉着她一块逛街！

当三毛独处时，也很能享受生活，教学之外，她通常会看看电影，或者去到书店静静地待上一个下午，阅读一本名叫《草叶集》的西班牙文译本。这其中，三毛大概最喜欢的就是看歌剧，为了能够获得完美的观看效果，她花大价钱置办了一款长长的曳地礼服，还买了一对很长的耳环。

我总觉得三毛的打扮有些波西米亚风情，虽说到不了世俗的那种妩媚，却在无形中透着一股别致清新。

看三毛遗留的照片，有不少白色的衣衫、衣裙，喜欢白色的人，内心总给人以简单洁净的印象。白色符合三毛善良单纯的性情。

马德里的冬夜很冷，可是夜空很亮，加上远处大大小小的霓虹灯光，整座城市像湮没在一片欢乐的海洋里。仅仅这样的景致，就足以令三毛和她的小姐妹走上一个晚上。三毛很喜欢淘一些奇奇怪怪的首饰、装饰品、家具，奈何她囊中羞涩，看得上的东西不一定买得起，为此三毛很是苦恼。闲暇时做过一些不切实际的发财梦，不过她也只是开玩笑式地跟自己说说，并不当真，那样的生活是要以很多时间成本为代价，相比之下，三毛还是想要更多的自由。

至于荷西，当时正在服最后一个月的兵役。三毛原本不想过多地干涉他的生活。只是一个名叫伊丝帖的女孩，也就是荷西的宝贝妹妹，不知从哪里得知三毛回来的消息，竟自告奋勇地当起了哥哥的红娘，总是不请自来地找上门，要三毛写信给荷西。三毛说："我已经不会写西班牙文了，怎么写呢？"原本以为伊丝帖会就此打退堂鼓，却不想她竟然把重要的句子都写好，让三毛只按要求填空即可……几分钟后，一封英文信件还是发出去了。三毛在信中做了简单的问候："荷西，我回来了，我是Echo。"信的末尾附上住所地址。

信件到达荷西所在的军营，他激动地展开，却只看懂了三毛的名字，原来，荷西不懂英文，这下可怎么办好呢？正着急呢，荷西灵机一动，剪了很多潜水者的漫画寄回给三毛。三毛收到信件，没有再写回信。荷西大概等得很着急，干脆主动出击，打了长途过来，告诉三毛自己23日就要回马德里了，要三毛一定等他！

等？怎么等呢！六年前，三毛就不曾真的把他当一回事呢！果然，三毛很快就忘记了这件事，在23日当天还跟一位同学去了小城玩耍。等她回到公寓时，才被告知有个人打了十几通电话来找，三毛这才一拍脑袋，但仍然没想起来是哪个男孩找她。正好，此时电话铃声又响起来，三毛接起，是一个她很要好的女友来找，语气很慌张，要三毛赶紧去她家一趟。

三毛不敢耽搁，打了计程车就往女友的家奔。到了之后，却奇怪地被女友带进客厅，并且要求闭上眼睛。三毛胆量很小，没有光明的世界她很不习惯，但还是按照女友的要求做了。忽然，她听到一阵脚步声正朝着自己涌过来，紧接着一双有力的臂膀将三毛整个人抱了起来，她吓得差点大叫出来，急忙睁开眼睛，这才看到眼前竟站着一个大胡子男人！等等，怎么越看越觉得面熟呢？怔了一会儿，三毛进而释怀——这是荷西，等了她六年的荷西！看得出来，荷西也很兴奋，他抱着三毛来回兜圈子，一阵风声在耳边呼啸着，她的长裙飞个不停。三毛不停地捶打着荷西的脸颊，在那上面一连亲了几口——此时，屋外也传来一阵阵爽朗欢喜的笑声，这是三毛的朋友们特意为两人相见做的一场安排。

三毛与荷西的爱情，使我相信一种关乎爱情的命运，“是你的，总归会是你的”，就算三毛起初并没有寻找荷西的意思，但她毕竟跟随命运的牵引回到了西班牙，所以后来她才会说：“在我说要与荷西永别后的第六年，命运又将我带回到了他的身旁。”

荷西不但外貌发生了变化，连性情也成熟了一些。他有很多不为人道的嗜好，比如潜水，比如航海，唯一不变的就是他那颗热爱着三毛的心，依然炽热。

彼时，三毛为了赚一些零花钱，正在给台湾《实业世界》杂志供稿，但她通常没什么时间观念，被编辑追问期限要稿是常有的事。一天，她与荷西正在公园散步，三毛忽然想起关于稿子的事情，脸上有些不快。荷西听了她的话，指着脚边的一棵树安慰她说：“我觉得那些被关在方盒子里办公、对着数字的人，才是天底下最可怜的。如果让我选择，我一定要做那树上的人，不做那在银行上班的人。”

一句话，三毛豁然开朗。她才意识到，这个六年前自己丝毫不曾重视过的小男孩，竟长成了一位有思想、有见地的大男人，并且难得的是，他与自己保持着一致的世界观。荷西的话像是给了三毛一根救命的稻草、一点做回自己的勇气，她头也不回地跑到宿舍，给编辑部写去一封“辞职信”：“对不起，不干了。”看吧，这就是三毛，率性而纯真。

从那之后，三毛与荷西便形影不离，感情也越见深厚。

一天下午，他们终于有了核心的交集。荷西盛情邀请三毛去到他的家。三毛欣然应允。她还是第一次光顾这个大男孩的房间呢！进屋的第一眼，她就看到了到处张贴着她照片的墙壁，那些照片大多发黄了，刻下了岁月斑驳的痕迹。三毛对着其中一张黑白的照片看了许久，过了好一会儿才想到问荷西："我从来没有寄照片给你，这些照片是从哪里得来的？"荷西认真地看着她的眼睛回答道："在徐伯伯的家里。你常常寄照片来，他们看过了就把它摆在纸盒里，我去他们家玩的时候，就把他们家的照片偷来，拿到相馆去做底片放大，然后再把原来的照片偷偷地放回盒子里。"

三毛又问："你们家里的人出出进进怎么说？"荷西一五一十地照实回答，说别人甚至一度都管他叫神经病了，三毛人都不在了，他却还整天对这些照片发痴做梦。三毛不觉心里一喜，又问他怎么照片都发黄了？荷西的脸忽然变得有些无辜且难过起来："太阳要晒它，我也没办法，我就把百叶窗放下，可是百叶窗有条纹，还是会晒到。"

聊到这里，三毛似乎对这份感情在对方心中的分量有了更多的了解。她终于不再说话，而是转身面向墙壁，顺手将一张照片取了下来，放在手中小心地摩擦着。也许就是在那一瞬间，一种掺杂了感动与怜惜的情愫击中了三毛，她再转身时就对荷西说出一句："你是不是还想结婚？"

荷西呆呆地望着三毛，好像听到了一件不敢相信的事情，过了很久才说出一句："你不是说六年吗？我现在站在你的面前了。"或许是六年这个数字戳痛了三毛的内心，她竟一下子哭了起来，连忙矢口否认，一遍遍重复着“还是不要好了，不要了”。荷西惊慌了，连忙追问原因。三毛想起这六年所遭遇的一切，特别是那场未完的新嫁娘的美梦，有些恨恨地抱怨荷西说：“你那时为什么不要我？如果那时候你坚持要我的话，我还是一个好好的人，今天回来，心已经碎了。”荷西不知道她遭遇了什么，他现在只想给她安慰：“碎的心，可以用胶水把它黏起来。”三毛不依，声称黏过的心仍是不完整。荷西立即把她的手拉向他的胸口对三毛说：“这边还有一颗，是用黄金做的，把你那颗拿过来，我们交换一下吧！”

就这样，三毛与荷西交换了真心。

远走撒哈拉，一场神圣的婚礼

我常想，即便没有荷西的出现，三毛也仍是要远行的吧！远走，好像是一种天生的命定。以前，上学时读《古从军行》，里面讲的是一派“野云万里无城郭，雨雪纷纷连大漠。胡雁哀鸣夜夜飞，胡儿眼泪双双落”的凄冷景象。三毛婉拒故乡的理由，仅仅是因为梦想。只不过，有荷西在旁边，她可以名正言顺地做一个快乐的家庭主妇，将接下来的旅途熬成一段值得追忆的时光。我们和这个时代也才得以拥有这样一位清丽脱俗的女作家，至今仍缅怀她的与众不同。

近两年，朋友圈总流行着这样一句话，“一座城，一个人，一生心疼”，而放在三毛与荷西这里，则变成了“一座城，一个人，一生所求”。正是这样一个刚好成熟的时机，三毛遇到了荷西，得到梦寐以求的爱情；早年又在心里种下一个关乎撒哈拉沙漠的理想，一下子，城与人都得到了。我想，那时候的她，正是昂首挺胸，意气风发。

没有经历的人生，不值得一过。三毛的行走，是一场对命运的收割。多年前，她偶然间翻了一本美国出版的《国家地理杂志》，看到了一篇专门介绍撒哈拉的文章，给她留下了深刻的印象。三毛曾说："我只看了一遍，我不能解释的，属于前世回忆似的乡愁，就莫名其妙，毫无保留地交给了那一片陌生的大地。"

魂牵梦绕，是说不清的一种感觉，所以说好似"前世注定"，这使我想起《红楼梦》里贾宝玉与林黛玉的"木石前盟"，头回相见就惊觉"这个妹妹好生面熟"……想必儿时的三毛，也是这样一种情愫吧！从那天起，她默默地在心里种下宏愿，要成为第一个横穿撒哈拉沙漠的女探险家。

女孩子大抵如此。有了相爱的人，就开始做起美梦来，一遍遍自说自话地勾画出关于他们的未来。"我要和你去到一座没有雾霾的小镇，种花喂狗，正午时分靠着躺椅晒太阳，下午去菜场买菜，烧一顿爱心晚餐给你"……可是另外一半呢？

荷西当然也有愿望。不同于三毛，他的愿望属于海洋。因为太喜欢航海，还特意从朋友那里借来了一条帆船，他计划着要去地中海航行一个夏天，在夏末秋初时，到达海神的故乡——爱琴海。

荷西周详地安排好了一切，却没料到三毛别有心思。她很想去海洋，可是对沙漠的情怀更深。权衡再三，三毛还是选择了后者，当她把这个消息亲口告诉荷西时，只想着千万不要从他的脸上看到失望。荷西沉默着，在心里做了一个选择。

三毛原本以为，这次注定要一个人穿越荒芜寂寥的大沙漠，却不曾想到，荷西不声不响地申请到一份去撒哈拉沙漠的工作。等她接到消息，才知道自己在荷西心中有着怎样重要的分量，想到这是以荷西放弃航海梦想为代价换来的一次陪伴，三毛竟有些于心不忍，她很快给荷西写去信件：“你实在不必为了我去沙漠里受苦，况且我就是去了，大半时间也会在各处旅行，无法常常见到，所以不要为了我，如此委屈。”

我倒不相信三毛是真的不想有荷西的陪同，只是她更懂得梦想的珍贵，更希望荷西能遵循自己的内心而活。没想到的是，荷西的回应却是一封热情洋溢的求婚信件：“我想得很清楚，要留住你在我身边，只有跟你结婚，要不然我的心永远不能减去这份痛楚的感觉。我们夏天结婚好吗？”

打下这串文字时，我忽然想到去年的一部电影——《年轻气盛》，电影的开场，已经满头华发的老人向家人传授自己的“恋爱秘籍”，甜蜜地回顾起年轻时的自己如何成功地追求到孩子们的母亲，他说：“要留住这样一个伟大的女人在身边，办法就只有和她结婚。”对于三毛来说，一个持续了六年仍然坚持的请求，当然值得以一生去相许。

众所周知。撒哈拉沙漠是世界上面积最大的沙漠。倘若这是战争的年代，军人们尚且得以欣赏一番“长河落日圆，大漠孤烟直”的壮丽景色。但三毛所在的当下，是1973年的2月。八百万平方千米的荒漠上，生活着数以万计的阿拉伯人，还有北非的回教土人，以及少量的西班牙白人。种族不同，肤色迥异，三毛此次面临的，可不是马德里的春暖花开，而是荒漠上贫瘠的生活。但她欣然而往。

荷西先一步到达三毛的梦想之地，在西属撒哈拉的首府阿尤恩市城外的一家磷矿公司找了份工作，好在公司是安排住宿的，他不用另外掏房租。算着时间，感觉三毛快到的时候，他提前几天在市里租好了房子。撒哈拉地区属热带气候，常年气候干燥，每天都是烈日炎炎，风沙弥漫。这里所拥有的“黄色”与荷西梦想中的“蓝色”是如此迥异，但为了心爱的女子，荷西对一切甘之如饴。

三毛呢，她不是一个狠心的女子，对于“结婚”这样慎重的事情，竟用一个晚上就做下决定，荷西用一封信撬动了这座大冰山，“我看了快十遍，然后将信塞在长裤口袋里。到街上去散步了一个晚上，回来就决定了。”

她的心，终于找到了栖息的地方。

回到马德里的宿舍，三个好朋友已经进入了甜蜜的梦乡，三毛默默地收拾好行李，走到桌前提笔写下一行字，门吱呀一声关上了，她的世界已然变幻了模样：“走了，结婚去了，珍重！再见！”

我想，和三毛这样总是率性而为的人做朋友，总是没有什么安全感的。或许你们曾约定时间说好一起去旅行，她却因为某些事突然中途变卦、走失，只留给人一个摸不着头脑的承诺，真是“像雾像雨又像风。”我想，当时宿舍的三姐妹第二天看到三毛留下的字条时，会有着怎样诧异的表情。结婚是何等的大事，可之前却从未听对方提起。但这就是三毛啊，雷厉风行，完成想要实现的梦想也不需要什么顽强的理由，她是一阵风、一个谜，所以她和她的故事至今都令人神往。

下飞机的时候，迎接她的正是撒哈拉沙漠的黄昏。落日将这片荒漠染成一片血红，耳边呼啸着阵阵呜咽的狂风。天高地远，浑厚安静，这里的景色比三毛想象的更为壮阔。她的一颗心，即刻就被这美景收服。

再次见到荷西时，对方的消瘦与邋遢着实让三毛大吃一惊。穿了一件破出洞的牛仔，一双大手满是茧子，头发、胡子上全部落满黄沙焦土，脸通红，嘴唇干裂，只有望向三毛的那双眼，仍尚有过去熟悉的温度。三毛一眼就知晓了，荷西定然吃了不少的苦头。为此，她暗自感到自责。

见到心上人的荷西，倒像吃了一颗定心丸。他迫不及待地牵起三毛的手，两个人沿着阿尤恩小镇一路走，走着走着，荷西对三毛说："你的沙漠，现在你在它的怀抱里了。"三毛百感交集，却说不出一句话来。一路走，一路将目光贪婪地停留在沿途的风景、人物上，临到家的时候，她已经见过了许多穿着深蓝色布料的沙哈拉威人，还有庞大的骆驼和些许山羊。

一切都没有刻意而为之，以前她追寻轰轰烈烈的爱情，最终却以不止一次的悲剧收场。面对荷西，六年的等待，两次的拒绝，几次三番的冷漠，爱情却一路开花结果，真可谓"有心栽花花不成，无心插柳柳成荫”。对此，三毛写下心中感想：“生命，在这样荒僻落后而贫苦的地方，一样欣欣向荣地滋长着。它，并不是挣扎着在生存，对于沙漠的居民而言，他们在此地的生老病死都好似是如此自然的事。我看着那些上升的烟火，觉得它们安详得近乎优雅起来。自由自在的生活，在我的解释里，就是精神的文明。”

这或许就是三毛能在如此贫瘠的环境中一待就是六年的原因。倘若荷西不出事故，他们还将一直待下去吧！她看到了沙漠中人们生活的本质，或者说看透了普罗大众生活的本质。世上所有的事情，可能都讲求“水到渠成”——很多时候，人们费尽心机所求的，偏偏不能如愿；费尽力气想去避免的，却偏偏都会发生。过于在意事情的结果，很容易得不偿失，三毛一生对爱情执着，只有对待荷西，从来没有严肃过，却意外收获了美满。看吧，人生就是这样神奇！

到家了，房间很小，如果没有荷西的精心布置，或许都不能称之为是一个“家”了。荷西从背后抱起三毛，有一种家庭完整的满足感，他笑着对三毛说：“这是我们的第一个家，我抱你进去，从今以后你是我的太太了。”三毛并不回应，任由荷西抱着一步步往前走，她能感受到他的臂膀依然坚实有力，甚至比以往更加结实。穿过并不宽敞的走廊，三毛一点点把新家的样子看个清楚：一大一小两个房间，小小的厨房，污黄的水槽，浓绿色的液体，昏黄的灯泡孤单地吊在房顶……环境确实不是很好，三毛询问房租，荷西如实回答。三毛苦笑："除了房租贵些，其实一切也不算太坏，毕竟还有个安身之所。"

三毛对丈夫的要求不多——"看得顺眼的话，千万富翁也嫁；看得不顺眼的话，亿万富翁也不嫁"。但只要对方是荷西，那就是"只要吃得饱饭就够了"。荷西听完她的话，乐得在垫子上直打滚，不停地嚷着："太好了，太好了，这才可以结婚了！"

接下来，两人商量着办结婚手续，荷西拉着三毛就往法院奔。因为是头一回遇到白人办理结婚，搞得老秘书抱了一摞资料查找程序，最后终于弄清楚：二人需要出示出生证、单身证明、居留证明、法院公告证明。台湾的新娘则更麻烦些，需要中国台湾出具证明文件，然后由中国驻葡萄牙公使馆翻译证明，转西班牙驻葡领事馆公证，再经西班牙外交部转到西属撒哈拉审核，核准后公告半月，然后送马德里户籍所在地法院公告。这样算下来，全部办理完需要耗时两三个月。

三毛向来对手续之类的东西头疼，她问荷西："是不是不办结婚了？"荷西拼命地摇头，他一定要结婚。

在等待的时间里，三毛计划横穿沙漠。当地人听了她的这种想法，都视她为疯子；更有退休的军团司令，指着地图向她泼冷水，称撒哈拉人迹罕至，是根本没有人走的路。三毛不惧，可无奈之下打算掏钱前往，可在得到这趟旅行需要四十万西币（折合二十七万台币）的费用后，只好耸耸肩膀，暂时放弃。

这一年的7月，沙漠热得像点了一把熊熊烈火。一天，三毛接到消息，说他们的文件已经办完，可以到法院举行结婚仪式。

那天，两人为了迎接新婚仪式，牵手去沙漠唯一的影院看了一场电影，名字叫作《希腊左巴》。

其实，关于这别致而简单的结婚过程，读者去看三毛写的《撒哈拉的故事》即可知晓。她收到了一件荷西精心拾得的礼物——一副骆驼的头骨。这简单到极致的，甚至在我们看来有些不可思议的礼物，令三毛一见倾心，毕竟是真正懂他的人，最重要的是，这礼物是荷西在沙漠里走了好久才意外获得的，万分珍贵。

要结婚了，两个人才有了仪式感，各自精心打扮一番。荷西穿了一件深蓝的衬衫，将胡子修剪干净；三毛找来一件淡蓝细麻布的长衣服，之所以选这个颜色，正是为了与荷西相呼应。头发是最令人惊奇的，她原本就有一头乌黑靓丽的长发，此时放了下来，找来一顶草编的阔边帽子戴上，为了更喜庆庄重一点，她还去厨房拿来一把香菜别在上面。

这样不可思议的装扮，却得到荷西赞赏的目光："很好，田园风味，简单而好看。"

没有车，两个人只能徒步去法院，仍旧手牵手。到达以后，才发现屋子里有一群人在等着。一个人上来就要拍照。待他们坐定，秘书先生宣读了结婚法则，三毛正因为一条规定傻笑着，忽然听到有人叫自己的名字，然后就是那个电视上演了无数遍地"承诺环节"，紧接着，荷西也被问到同样的问题。

“三毛，你愿意做荷西的妻子吗？”

“荷西，你愿意做三毛的丈夫吗？”

正笑着的三毛忽然变得紧张起来，她知道应该回答“是”，却不知道怎么脱口而出，应了一句：“好。”荷西则大声地回答说：“是”。法官宣布，他们结为夫妻。于是，大家纷纷鼓掌庆祝。

仪式结束。荷西原本想拉三毛去本地最贵的国家旅馆住一夜，却被三毛干脆地拒绝，拒绝的理由很简单：不该这么奢侈地过。回到家里，桌子上早已放着一个精致的结婚蛋糕，是荷西的同事们送来的，上面写着四个大字：结婚快乐。

这下，三毛是真真切切地做了人妻。

大漠，白手起家，神仙眷侣的时光

在沙漠生存是不容易的。别说是烈日当头，炙烤得人浑身燥热难耐。就是夜深人静时，有风在耳边嘶吼，要去镇上提回东西也是不易的。三毛与荷西结婚以后，过起了平淡的生活。既然要在沙漠生活，两个人总要拿出努力生活的样子才行。

荷西依旧拼命地工作，之前是为了攒结婚的费用，现在是为了给自己名正言顺的爱人一份相对稳定幸福的生活。三毛呢，自然是闲不下来的。

做了荷西的太太，现在她要打算的是两个人的生活。她暂时没有工作，家中所有的开支都靠着荷西那份微薄的薪水。家里的大事小情，都需要三毛亲自打理。

在她来之前，荷西虽然已经把家里简单地布置过了，可要过日子，“装备”还是差很多。三毛毕竟是个女人，心思更细一些，想到初来沙漠度过的那第一个因寒冷而失眠的夜晚，三毛决定当务之急就是要买个床垫。其他一些小东西，其实跑几趟辛苦几次，也都还能置办齐全。最困难的就是提水，过程很复杂。

水是沙漠的珍贵资源，三毛想要用水，首先需要到市政府申请送水，然后自己去提取。

“灼人的烈日下，我双手提着水箱的柄，走四五步，就停下来，喘一口气，再提十几步，再停，再走，汗流如雨，脊椎痛得发抖，面红耳赤，步子也软了，而家，还是远远的一个小黑点，似乎永远不会走到。

提水到家，我马上平躺在席子上，这样我就可以减少一些脊椎的疼痛。有时候煤气用完了，我没有气力将空桶拖去镇上换，想叫出租车还得先走路到镇上，我又懒得去。

于是，我常常借邻居的铁皮炭炉子，蹲在门外扇火，烟呛得眼泪流个不停。

在这种时候，我总庆幸我的母亲没有千里眼，不然，她美丽的面颊要为她最爱的女儿浸湿了—我的女儿是我们捧在手里、掌上明珠似的抚养大的啊！她一定会这样软弱地哭出来。我并不气馁，人，多几种生活的经验总是可贵。”

有这样的领悟很简单，可是真正毫无怨言地选择并承受起这种生活的，就只有三毛。

结婚以后，荷西的工作似乎更加忙碌了。他上班的地方距离小家很远，交通也不是很方便，只能在每周五晚上回来看一看他的三毛。对此，三毛丝毫没有怨言，天底下勤快的男人不多，三毛为嫁给这样的荷西感到骄傲。

荷西在大学里学的是工程，他有一双灵巧的手，可以把一些看似边角料的东西，打造成各式像模像样的家具。反正两个人的生活费用很有限，三毛又酷爱拾荒——每每捡到可以用的东西，进门第一件事就是拿给荷西看。有次，她幸运地得到一块二尺高的木头，后经过荷西的巧手，将其变成了家里的一部分有用之物。

不得不说，荷西与三毛，也真是天造地设的一双。三毛爱拾荒，荷西擅加工。而撒哈拉异常艰苦的环境，又给了三毛一个可供想象与创作的机会。她十三岁就做梦日后要当一位大艺术家，如今，简陋的居所正可以成为她的"试验田"，英雄有了用武之地，三毛对未来的日子充满希望。在荷西去工作上班时，她就在家里细心地鼓捣起来。

结婚之前，荷西就曾把一些东西归置整齐，又在屋子外面粉刷了一层蓝色的油漆，他们的小屋的正对面虽有个大的垃圾场，可有了这一幢蓝色的房子，三毛与荷西的小屋就成为方圆百里内最为独特的一处精致的风景。

三毛不知是从哪里搬了好多空心砖回来，把它们靠着墙壁，垒高铺平。在上面放上两块木板，再放一层厚厚的海绵垫子。扯下几尺彩色的条纹布，经过简单的缝制，一个沙发就做成了。看着自己动手改造的小家，三毛的内心充满了幸福。

门口不远处的垃圾场，三毛是很喜欢的。她从那里翻出一个旧的汽车轮胎，拿回家洗干净，在里面填上一个红布坐垫，就是一个创意小沙发。这个"发明"得到了朋友们的认可，来家中做客都抢着要坐在上面。

她的第二项伟大的发明，就是在一些大大小小的绿色的瓶子中插满了一丛丛怒放的野地荆棘，然后分散放置在桌子上、床头柜上，化作一处处美丽的风景。一切什物都是免费的，这些别人不要的东西，三毛却能“变废为宝”，大自然所赠予的一切在她看来都那样美好，一根树枝也能化作艺术品。最最珍贵的大概是荷西送的那一副骆驼头骨，它是爱情的礼物，因此被三毛高高地放置在书架上。为了不至于使其落单，荷西还很体贴地用铁皮和玻璃制作了一盏风灯，小心地挂在头骨一旁，这样装饰果然令三毛好开心，直称赞“这简直是阿拉伯之神迹！”

这些还只是小细节。热衷于艺术的三毛，从马德里婆婆的家里搬来一排排书；从西班牙总督的后院运来各色花草，还把故乡母亲邮寄来的白色桌布很好地利用起来，又从坟场买来古朴的石像，还有羊皮水袋、皮风箱、小烟壶……这些来自世界不同地方的大小什物，因为一个女主人对家的眷恋与热爱，穿越千里相会于此。同花钱从集市上买到的东西不一样，这些物件盛满了父母与朋友的记挂、关怀，是有温度的什物，它们使三毛的家中弥漫着珍贵的思念。有这些东西作陪，三毛就算是远在千里之外，也同样能感受到家人和朋友的陪伴。我想，这世界上应该没有任何人的家，是比三毛的小屋更温馨，富有艺术感。

住在这样别致的小屋里，三毛的心情自然很好。热情如她，并不满足于一个人享受这样的美好，常常请周围的邻居和荷西的朋友们来家中做客。

没有想到，三毛儿时的“拾荒梦”，在千里之外的撒哈拉沙漠中实现了。或许对于有梦想的人来说，不管是怎样的梦想，只要坚持不懈，迟早都会变成现实。

朋友们对三毛的“手艺”甚是称赞。一位外国记者来访，还没进门就惊讶地大叫起来：“天呀！我们是在撒哈拉吗？天呀！天呀！”三毛很知足地享受着朋友的美誉，临别时还将她喜欢的一件石像送给了朋友。是的，哪怕这些东西都是她辛苦得来、最最不舍的挚爱，三毛仍愿意与朋友们共同分享。

不久以后，小屋迎来另一位更有分量的客人——他说自己是一位西班牙的建筑师，此番前来是受西班牙政府的委托，来以三毛小屋的建筑布局为蓝图，为沙漠建造一大批新住房。这回，轮到三毛不停地惊讶了：“天呀！天呀！”她心里暗自高兴得发狂，“原来我的小家，已经成为沙漠未来居民的蓝图之一了呀！”

虽然，因为结婚的事情，三毛的父母感到心痛——不甘心宝贝女儿在如此荒凉的环境里完成一生最重要的蜕变，但他们毕竟是一对开明的父母，最后还是尊重了女儿的选择。没能来参加婚礼，但是邮寄来一笔不小的费用。

对于这笔费用，有男子汉气概的荷西是不肯用的，他服完兵役没什么积蓄，口袋里唯一有的就是这几个月辛苦挣来的工钱。三毛是聪明的女子，默默选择与荷西共同攒钱，置办家具。

一对夫妻想要成就美满的婚姻，除了在生活中各司其职，也要懂得相互给予彼此心灵上的自由。三毛曾说过一句对爱情理解得很透彻的话：“爱情有若佛的禅——不可说，不可说，一说就是错。”她在《大胡子与我》一文中，也曾交代过两人的相处模式：“俩人在婚后，彼此保持独立性，互不约束，即开放对方的行动与心灵。”

所以，荷西仍然可以忠于他航海的梦想。想必他当初是明了的，沙漠只是一个暂时的选择，得到三毛的爱情后，他们仍然可以向着蔚蓝的大海出发。

荷西是西班牙人，我总觉得一个中国女子，倘若没有十足的胸襟和度量，是无法同一个异国男子长期生活的。我们都知道，西方人从小接受的教育与我们东方人大相径庭，他们的思维比较开放，很多想法在我们看来都充满了变数。但三毛却可以，她勇敢地做出与一位西方人共度一生的决定，并且很有能力与对方和平共处地生活下去。三毛曾说：“荷西的反抗心特重，如果你让他去东，他一定去西；请他穿红，他一定着绿。”这要是放在一个普通姑娘那里简直就是“违抗圣旨”，纠结下去必定是要大打出手、两败俱伤的呀！可是三毛不这样，她自有一套“制服”荷西的办法，只要每次用相反的说法去激他，荷西自然就是听话的乖孩子啦！

在撒哈拉生活的这段时间，虽然生活条件艰苦，三毛还是保持着一份难得的生活情趣。除了装饰房间，她也学会了做“太太”的另一个本分工作——烧菜做饭。以前自己流浪的时候，三毛几乎对饮食没什么讲究，“黑面包，白开水”稍微对付一下，填饱了肚子就去看她要的风景。但现在不同了，她是一家之主，是一个男人的太太，必须懂得怎样抓住这个男人的心。三毛是很懂得那个所谓的道理的，“一个做太太的，先拿了丈夫的心，再拿他的薪水，控制他的胃，再将他的脚绑上一条细细的长线放在她视力所及的地方走走。她以爱心做理由，像蜘蛛一样织好了一张甜蜜的网，她要丈夫在她的网里唯命是从。她的家也就是她的城堡，而城堡外面的那座吊桥，却再也不肯放下来了。”可是沙漠里可食用的东西毕竟有限，她想要施展厨艺还要劳烦母亲隔三岔五从台湾空运一些食材。

按照女儿的要求，母亲总是妥当地空运来最新鲜的时令蔬菜：粉丝、冬菇、紫菜、猪肉干。因为三毛没有冰箱，所以母亲每次只能少量邮寄，三毛收到包裹后，心情激动，每次都拿出十二分的热情为荷西和他的朋友烧中国菜——这样的“待遇”可以比得上黄金贵族了，毕竟沙漠居民很少吃到正宗的中国菜。

每次有中国菜吃，荷西总是特别兴奋，像个孩子一样坐在一旁等。闻到厨房飘来的香味，忍不住跑进去指着锅里黑乎乎的东西问三毛这是什么，那是什么。三毛每次都笑着要荷西猜，看着他丈二和尚摸不着头脑的样子，她更加大声的笑，笑到花枝乱颤。荷西更不愿意了，他一把抱起三毛，轻轻地摇晃她想套出答案。菜快熟了，三毛夹起一筷子送进荷西嘴巴，再笑着说出那个让他挠头的回答。

在沙漠的生活渐渐步入正轨。三毛过起了一种以前从未敢想的生活，这样的生活给她带来更多思想、感悟，于是她提笔写下一篇《中国饭店》，发表在台湾当时的《联合日报》上。千里之外，母亲通过这篇文章了解到三毛在撒哈拉的状态，看到女儿这么努力地生活，也感到很欣慰。《中国饭店》发表后，三毛迎来了自己文学生涯的第二个创作时期，之后又相继发表了《结婚记》《娃娃新娘》《沙漠观浴记》等十多篇文章，因为写的都是她在撒哈拉沙漠的所见所闻，被收录在《撒哈拉的故事》付梓。

1976年，此书一经出版即风靡整个台湾文坛，受到广大读者的追捧与喜爱，三毛就像一粒飘出世俗红尘的种子，在普罗大众的心里种下一个有关流浪与远方的美梦。

我想，即便没有遇到荷西，三毛应该也会去往撒哈拉。但如果没有成为荷西的太太，三毛大概不会这样用心去发现生活。以前听人家讲说："好的爱人，能带你看到更宽广的世界，能成就你去发掘更丰润的自己。"无疑，荷西是三毛最好的爱人。

从二毛到三毛，一个女子成长的声音

对一个不爱文字的人，你总是很难向她（他）解释自己写作的原因。一些事情，如果不是你自愿做出选择；一些感情，如果不是自然而然地发生，我想谁都很难解释清楚。

曾看过世界最伟大的一百位作家谈写作的观点，有人说："因为非写不可。"有人说："一个人在世上应该留下比他的生命更持久的东西。"有人说："是因为我愿把内心深处无声的痛苦用文字表达出来。"还有人说："除了写作外，我永远是一个令人失望的人。"

而三毛说："我的写作，完全是游于艺。是玩，就是玩，写完了，我的事情也就了结了。我从没想到会有这么多的读者，也很少想能得到多少稿费，但是文章登出来，看排版出的铅字，是一种快乐。我之所以写作，也只是有感而发。我的文章，也就是我的生活，我最坚持的一点是我不能放弃赤子之心，至于文章的好坏，我毫不在意。"

不错，三毛写下的每一个字都是她生活的再现，在她的雨季时代，文字甚至是她最重要的救命稻草。很有文学慧根的她，十一岁就与文字结缘，十七岁就以“陈平”这个本名在各大报纸杂志发表作品。

在撒哈拉沙漠，她成了真正的三毛，由此完成由二毛向三毛的终极蜕变。过去，她的文字阴暗、潮湿，字里行间满是一个少女不应有的烦闷与不快，然而现在，她变成了一个可爱、幸福的家庭主妇，“我以我手写生活”，笔下也多出一些明媚的风采。我反倒觉得，三毛有时是很矛盾的，她后来曾在接受采访时说她认为文字不过是一块蛋糕上的樱桃，并不多么重要。可我却觉得，她的内心深处一定是深深爱着这些可爱的文字，否则，她就不会在某个夜晚坐在新家的昏黄灯光下说：“有一天，我坐在沙漠的家里，发觉我又可以写作了。”

是撒哈拉的生活给她带来创作的灵感。因为《撒哈拉的故事》，三毛成为国内炙手可热的文艺作家。

三毛一生放逐自己，终于在撒哈拉“一战成名”，她的母亲缪进兰满怀喜悦地写信告诉她：“许多爱护你的前辈，关怀你的好友，最可爱的是你的那些读者朋友们，电话、信件纷纷而来，使人十分感动。在《白手成家》刊出后，进入最高潮，任何地方都能听到大家在谈论三毛是何许人也，我们以你为荣，也分享了你的快乐，这是你给父母一生中最大的安慰。”

其实，母亲并不是单纯地只为女儿的成名而开心，最重要的是，她感到这个令她操碎了心的孩子终于长大成人了。

我宁愿相信，读者们除了爱她那些精致的、一点也不虚假的文字，更爱她那颗勇敢浪迹天涯的决心。在沙漠，三毛拥有了一份令人艳羡的婚姻生活，更开启了创作的巅峰。三毛一心向往的撒哈拉沙漠，终成为她的幸运之地。

这一年，三毛三十一岁了。从十七岁到三十一岁，一个少女的文学痴梦做了十四年，才终于看到光明。

十多年来历经坎坷，丢失的爱情、遭受的磨难成就出一个淡定从容、善待生活的女人，她说："十年来，数不清的旅程，无尽的流浪，情感上的坎坷，都没有使我白白地虚度一生最珍贵的青年时代，这样如白驹过隙的十年，再提笔，笔下的人，已不再是哪个悲苦、敏感、浪漫，而又不负责任的毛毛了。"

是的，在此之前，三毛已经十年未曾提笔。那些年的她，忙着愈合失恋的伤痛，忙着应付异国他乡的生活，从未想过借助文字的力量能在有朝一日成名，却在如此风轻云淡的境况下，成就作家的荣誉。对这种现象，三毛很能释怀，她认为："刻意的东西，就连风景都得寻寻觅觅；寻找的东西，往往一定找不到，却很累人。"

如果说雨季文学代表了一个敏感多疑、伤心伤神的问题二毛，那么沙漠文学则是一个热衷生活、出世入世的三毛。雨下完了，阴郁的气氛终结，迎来漫天的阳光弥撒，人间是温暖的春天。人说"文如其人"，此时的三毛，心态是平和的、是喜悦的，她不再逃避人生，而是学会了享受其中。"流光容易把人抛"。三毛对时光充满了敬畏，一点点看它雕琢着自己，使自己变成自己喜欢的模样。《撒哈拉的故事》描绘了三毛在沙漠居住的十二个故事，写尽一对平凡夫妻不平凡的荒漠生活。三毛在写作上没有那些撩人的技巧，多的是对真实场面的描写与还原，十二个故事也并非人间离奇，讲述的都是夫妻二人吃饭、打鱼消遣和三毛考驾驶执照的趣事。对此，三毛以为："真实的文字，就是有灵魂的文字；有灵魂的文字，就足以打动读者。"三毛不是用一支笔来写作，而是用一双眼睛，一颗心，一个善良美丽的灵魂。当然，故事也不全然风平浪静，没有一丝波折，《荒山之夜》《死果》写的是三毛深夜临难的事，中间有惊心动魄、受苦受难，却也给了读者一个喜剧的收鞘。那些遇难受苦的情节描写，反而成了重要的文学烘托。

第一次读完这样的故事，作为读者之一的我甚至一瞬间有种上当受骗的感觉。特别想知道三毛是遭遇了怎样的危险、最后怎么样了，但是看完以后我才恍然大悟——只不过是一场有惊无险的表演，而且，如果当时真的出现危险，又哪里来的这本书呢……

但三毛创作的这些作品，真的非常重要。在她以前，国人没有人肯对遥远的撒哈拉怀有梦想，更别说去了解当地人民的生活，以及一些独特的风土人情。《悬壶济世》《娃娃新娘》《沙漠观浴记》《爱的寻求》和《芳邻》，正是这些文章使我们得以走进撒哈拉的生活，了解当地居民的日常。

唯独有一点遗憾，三毛是作为一个观光客去体验的，如果沙漠使她感到为难，她可以选择回头，去马德里或回台湾都可以；但对生活在那里的人来说，出生之地原本就是无法选择的，出生即是命运，再苦再难，都只能于此地挣扎。

想到这里，我不由得想到近年来，一些大山深处贫困的人民对外人前往支援的消极看法，不得不承认，很多贫困地区的人并不欢迎陌生人闯入他们的家乡。这对他们来说是没有安全感的。就拿三毛来说，她作为一个外来人，撒哈拉异常艰苦的生长环境给予她心灵上的安慰与治愈，是她的新天新地；可对于那些被她“参观”的人来说，他们展示了他们苦难的生活，但除收到一个好心人片刻的温暖，并没有得到其他。

但不管怎样，文章始终呈现出一个真实、鲜活的三毛。她用一颗赤子之心记录下所见的一切，记录下自己点点滴滴的成长：这其中有心性上的成熟，也有文字技巧上的进步。

《撒哈拉的故事》通篇语言朴实近人，诙谐生动，运用大量精炼的白描文字，刻画出具体人物的语言、行为，塑造出生动传神的人物形象，甚至可以此窥见不少她少年时学习名著留下的语言功底。

以前读三毛的文字，总是感觉很简单，很亲切，但若要真的写起来，却总是不得要领，这才懂得以前念书时，语文老师所提及的“平中见奇”——那些看上去很简单的东西，没有一样是真简单。

从人物塑造上来说，三毛对荷西的塑造无疑是相当成功的。很多读者在翻过这本书后，几乎爱上了那个满脸胡子的西班牙人。虽然就东方女性的审美观来说，更多人还是喜欢面部清洁干净的异性。而荷西的魅力就在于，他虽然粗笨却足够浪漫，深谙三毛的心性与喜好，愿意用生命为她搭建一个完美的家庭——这不正是广大女性对理想中结婚对象的要求吗？虽然，作家在实际创作过程中，会根据现实进行适当地整理、加工，甚至有人猜测荷西并不如此，一切只是三毛的臆想，因为只是她作为亲历者与荷西生活在一起，再无第二个知晓关于他的一切。我承认，“艺术来源于生活却又高于生活”，三毛可能会在创作的过程中添加一些夸张的元素，但我宁愿相信，三毛是真的曾有过这样一个知心爱人，有过这样一段美到极致的婚姻。

昨天重温了《功夫熊猫》，阿宝的父亲在谈到制作面汤的秘籍时说：“很多东西并不特别，只要你去相信它是特别的，那它就是特别的。”所以我想，就算真实的荷西并不如三毛笔下那样美好，至少三毛愿意相信他是这样的，而就因为她相信，才能写下那样真实感人的文字，把一个几乎从没有人见过的西班牙大胡子男人，成功而深刻地嵌入到读者们的脑海中。

同样的，三毛的书籍也树立起大家心中三毛的形象。热情、开朗、乐观，对待生活总抱以真诚。三毛总说自己其实不是一个乐观之人，可读者完全不这样认为。我也觉得，起码描写撒哈拉的那些洋溢着生活情趣的文字，很多真正乐观的人也未必能够写出的。

在撒哈拉沙漠，两个人兴致高涨，像两个大娃娃一样，共同翻译出版了一部西班牙漫画——《娃娃看天下》。这本书的创作历程不简单，“整整八个月的时间，我们吃完晚饭，就把电视关掉，门锁起来不许人进来，开个小灯，他坐在我对面，开始翻译。”只是那时的三毛不会想到，这本书竟成为她与荷西唯一共同创作的一部书籍，成为日后追忆他的珍贵物品之一。

从二毛到三毛，十四年的时光带来的不仅是非凡卓越的文学成就，更是一个女子从女孩成长为女人的惊天蜕变。如果你用心去看，用心去听，一定能沿着三毛走过的足迹，感受到她拔节生长的声音。

也许，在你并不报以希冀的一次旅行、一次失恋、一次出国读书的经历中，蕴含的是一次破茧成蝶。

山雨欲来风满楼，岛上惊心

年少时，总以为爱上了一个人就能永远地停留在他的身边，也总以为恋上一个地方就会永远与之相拥而眠。理想的生活是“择一城，择一人，然后与之终老”，然而生活中到处充满难以想象的荆棘，在你以为拥有了安稳时突然出现，给人生杀个措手不及。

如果没有那场本土民族的世纪之战，或许三毛与撒哈拉，这一辈子都将不会说再见。

为摆脱西班牙殖民统治，实现民族独立、民主自由，居住于撒哈拉沙漠上的土著民族，一改往日的悠闲与散漫，像一阵狂风席卷着生活在这片土地上的人群，所到之处皆如风卷残云，彻底打破了三毛与荷西稳定的生活。

最糟糕的是，因荷西的西班牙国籍，两人被土著民蛮横地划入西班牙统治者领域。对此，三毛想要开口解释，却发现那些人个个面露凶相，一点机会都不给她。其实，这对夫妇是出了名的反对殖民主义的拥护者。因为荷西在公司曾亲眼见到一位白人同事宣扬殖民主义，他气到几乎全身血管爆裂，拍打着桌子甚至挽起衣袖就要同对方厮杀。在阿尤恩，只有极少数的西班牙人住在沙哈拉威人的居民区里，并与沙哈拉威游击队领袖巴西里结为很好的朋友。可是在一般的土著人心里，他们仍属于殖民者，这也就意味着，当土著人民掀起暴动时，三毛和荷西随时都会成为他们手中的牺牲品。

撒哈拉的风云突变使三毛措手不及，两个钟爱大漠并由衷想要继续留在这里生活的人，为前方未知的一切感到迷茫、惶恐。在这样日复一日的担忧中，沙漠再次进入一年中最为炙热的盛夏时节。三毛仍不忘把这一切写成文字：

“夏日的撒哈拉就似它漫天飞扬、永不止息的尘埃，好似再也没有过去的一天，岁月在令人欲死的炎热下黏了起来，缓慢而无奈的日子，除了使人懒散和疲倦之外，竟对什么都迷迷糊糊地不起劲，心里空洞洞地熬着汗渍渍的日子。镇上大半的西班牙人都离开了沙漠，回到故乡去避热，小镇上竟如死城似的荒凉。沙是一样的沙，天是一样的天，龙卷风是一样的龙卷风，在与世隔绝的世界的尽头，在这原始得一如天地洪荒的地方，联合国、海牙国际法庭、民族自决这些陌生的名词，在许多真正生活在此地的人的身上，都只如青烟似的淡薄而不真实。”

原本以为这样的担忧就是痛苦的尽头，却没想到真正恐怖的还在后面。一天，荷西大叫着从外面回来，顾不上歇脚便拉着三毛一同走出去，他们绕着镇上外国的建筑游走一圈，看到整个城市几乎已经被满眼饱蘸血色的字体占满："西班牙狗滚出我们的土地，撒哈拉万岁，游击队万岁，巴西里万岁！我们爱巴西里，西班牙滚出去！"看着那些犹如鲜血惊悚的红，三毛恍然从梦中惊醒，这才感受到了一阵来自身体的战栗。眼前的一切并不是在做梦，这可怖的氛围，使她心惊肉跳。这才知道，世道早已改换，撒哈拉不再是她梦中的模样，不由得内心一阵荒凉。

直到1975年10月17日，随着海牙国际法庭做出关于西属撒哈拉由当地居民自决的判决，西班牙殖民统治者才放弃了这片沙漠。得到这个消息，三毛那颗紧绷的心终于放下，同周围的邻居们一起像庆祝盛大的节日一样欢呼真主。

然而，这样的欢乐还没开始，就结束在摩洛哥军队的枪声中。战火突燃，阿尤恩瞬间沦陷为由冷枪和地雷包围的战区，小镇上风声鹤唳、人人自危。

家园是不复存在了，人们不得不逃往新的国度。面对这样险恶的境况，男人们到底比女人理智一些，他们开始有秩序地分批护送老人、孩子以及女士先行离开。纵然有万般不舍，为了生存，所有人只能放弃生活了一辈子的家园。三毛没有想到，自己会以这样一种狼狈的方式逃离这个曾热爱的国度。

为了不成为累赘，三毛比荷西早一步离开。她的下一站是大加那利群岛，一个与撒哈拉仅一水之隔的地方。落脚之后，三毛的心更焦虑了，无时无刻不在担忧着荷西的安危："我每天抽三包烟，那是一种迫切的焦虑。夜间不能睡，不能吃。这样等了十五天，直到等到了荷西，身体忽然崩溃了。"

所幸的是，一切的担忧在他们再度拥抱的那天，都化作一种心灵上的安慰，死里逃生，能再摸着那把有质感的真实的大胡子，三毛内心澎拜，感动、欣喜、知足，所有复杂的情绪一瞬间涌上心头，化成一股滚烫的热泪。

面对妻子的“失态”，荷西却显得非常淡定，他趁着三毛不注意，变魔术一样从背后掏出很多神奇的玩意。三毛大叫着，待她看清楚，发现那些正是她收藏在小屋里的宝贝们，骆驼头骨、化石、小雕塑还有他们好多的合照……三毛如数家珍地望着一件件东西，此时看向荷西的目光又多了几分尊敬。

大加那利群岛终年无雨，四季如春，广阔的土地上只住了零零散散的居民。这里远离人间，远离大都市的喧嚣与繁华，自有一股使人怜惜的清净。对于不喜热闹喜清幽的三毛来说，此地是继撒哈拉之后最理想不过的居住地了。果然，她很快就臣服在这片土地的脚下。因为没有雨水，三毛可以常年在这里晒太阳。岛上虽荒芜，在三毛眼中却是一份超然物外的僻静。

更令人惊喜的是，这里四面环海，荷西一出门就可以拥抱他的梦想。两个人都很满意，他们迅速买下一幢白色的西班牙式小洋房。

房子有了，接着就是考虑如何生存。理所当然，荷西需要重新找一份工作。一个不好的消息是，岛上没有他能做的工作。倘若有足够的粮食，夫妻两个过着与世无争的日子倒也轻松惬意。因为大部分钱买了房子，剩下的钱很有限，只能维持一段时间的支出，所以荷西很迫切地需要一份工作。他每天早早地出门，像寻找宝藏一样去到岛屿的各个地方。可惜，一个月后，荷西的工作仍然没有着落。

情急之下，荷西与三毛商量，他决定重回撒哈拉，顺便看看那边的形势怎么样了。三毛为此担心不已，但眼下除了如此，她也没有更好的办法。

荷西回去后，好似把三毛的心神也带走了。她一想到此时爱人正拼死挣钱，为养活两个人不惜陷入战乱，就食之无味夜不能寐。因为精神恍惚，1976年年初，三毛白天开车的时候不小心发生一起车祸，伤了脊椎，好在及时被人送进医院，经过医生诊治后，并无大碍。但这次事故可把荷西担心坏了，他一接到消息就奋不顾身地赶去医院，当见到此时正躺在病床上的三毛，一个大男人几乎难过得快要掉眼泪。

因为三毛是因为自己才出事，荷西为此自责不已。想到这段时间确实太让对方操心，荷西索性辞掉工作，一心一意地守护在她身边。他知道，如果他再贸然回去，三毛一定不会安心养病。三毛出院后，坚决不准荷西再冒死挣钱。可生活总要继续，两张嘴每天都要吃饭。没有一分钱收入，还要为此前购买的别墅分期付款，加上三毛住院狠狠地花掉了一笔钱，夫妇俩的生活简直举步维艰。他们只好每天只吃一顿饭，从牙缝里挤钱。荷西仍不放弃寻找工作机会，每天往世界各地投递多份简历，现在他已经不奢求能离找一份离妻子近的工作了，任何一份工作对他来说都是天大的惊喜。

因为事业上受挫，荷西不再面带笑容，心情一落千丈。遣散费花完了，两个人唯一的生活来源就是三毛从遥远的故乡挣来的三三两两的稿费。让三毛养活着，荷西的心情更加抑郁，他说：“要靠太太养活，不如自杀。”为了生计，三毛拼命写稿，每次收到寄来的稿费，荷西都非常难过。

我想，毕业后的我们，大概也都有过失业的经历，那种对未来的迷茫，就像一艘船在大海里迷失了方向。就像三毛说的：“像一个大空洞似的把我们吸下去，拉下去，永远没有着地的时候，双手乱抓，也抓不住什么，只是慢慢地落着，全身慢慢地翻滚着……”衣食住行，是人类生存的基本需求，如果这都不能满足，日子便注定只有一种可怕的荒芜。

可三毛就是三毛。在如此险恶艰难的境况下，她反而像一只被拉紧的弹簧，生命充满了活力。原本她奉行的生活准则，是坚决拒绝与邻里往来，可现在，她不但经常把荷西钓来的鱼分给大家食用，甚至还主动承担起隔壁一家孤寡老人的日常起居。她似乎一点都没在意这生活的困窘，反而乐在其中很懂得变通。

又过了一阵子。这种困窘的现状并没缓解。因为长期得不到营养，生活环境稍显差强人意，三毛再次病倒了。自前次出院，她一直没有休息好，所以身体依旧很差。思来想去，三毛决定是时候回台湾一趟了——原本，她很想把荷西带去介绍给全家人，可是经济窘迫，她只能买得起一张半价机票。跟荷西道出自己的遗憾，荷西表示他会等到三毛平安健康归来。三毛望着低垂下头的荷西，明白他心里的苦处，他其实一点都不想让三毛的父母姐弟看到这样一个不争气的自己，他甚至怕老人们会责怪自己没能把他们的宝贝女儿照顾好。

此次回到台湾，三毛所受到的待遇完全不同以往——不但夹道两旁来了很多接机的读者，还有很多人手捧鲜花，一见到她就朝着她热情地鼓掌、大叫她的名字。仿佛一阵热浪袭面而来，令三毛感到惊喜又惊慌。

一路热闹地回到家中，父母亲人早已等候多时。母亲拉过女儿的行李箱放在一旁，又拉住三毛的手，亲昵地同她窝坐在沙发，喜笑颜开地同她话起家常。

一波又一波的文坛聚会，三毛顶着青年作家的光环，接触和认识了很多文艺界的名流，有些甚至是她从前特别喜欢的前辈，没想到此生竟能有幸同坐一桌，共同举杯畅谈——这难道就是“荣归故里”的感觉吗？撒哈拉、大加那利群岛、台湾老家，一幕幕场景飞速地切换，只是这里既无战争的硝烟，也不用面对贫瘠困顿的生活，还真让三毛一时有些不适应空间的转换。

虽然不喜交际，但毕竟这是她第一次名成之后回国，很多必要的应酬总是推不掉的。可以用八个来形容三毛那段时间的生活，“推杯换盏，觥筹交错”，在星光溢满时启程回家，三毛喝了很多酒，甚至忘记了都跟一些人交流过一些什么想法，她只知道，这种生活简直乐不可支。

这种日子一直持续到她收到荷西邮寄来的一封催返的信件。荷西在信中说，他已经被一家德国潜水公司录取了并顺利地拿到了合同。虽然这家公司很小，老板也很抠门，可是毕竟荷西以后是有工作的人，他可以再赚钱养活太太了。看得出来，荷西为找到工作的事很满足，很兴奋，以至于等不及迎接三毛的归来。

父母都是识大体的人，在得知这封信件是女婿写来的，都连忙劝说三毛不要任性，赶紧回去与荷西团聚。

1977年1月，荷西赶赴尼日利亚参加工作。工作很辛苦，但他一点都不怕，仍然卯着干劲玩命地工作，有时一加班就是十几个小时，三个月瘦掉了近二十斤。

看到荷西如此拼命地工作，三毛心有不舍。因为老板太抠门，为了要回荷西应得的工钱，她甚至不惜代价，几次专程飞去尼日利亚与老板当面对峙。好在功夫不负苦心人，她一共要回来几千美金。

苦难的生活令三毛的金钱观发生了改变。过去，她是个视金钱为粪土的豪气派。经过这一年多艰苦的生活，也懂得了人需勤奋、努力。从前，她会因为任性临时拖稿甚至跟编辑撂摊子，但现在却总趁着荷西在外工作的时间，全身心伏在桌前认真创作。生活，给了她更多的感悟，笔下的文字，也变得越发真诚，形成她自身独有的风格。

她的努力换回的是一本本书籍付梓，一笔笔稿费滚滚而来，她的名声也逐渐跨越五湖四海，奔向更广阔的市场。

在大加纳利群岛的困苦生活，一去不复返。这场同生活的抗争，最终以两人绝对的胜利

第四卷

梦里花落知多少

我们有时候并不希望一件一直糟糕的事情突然好转，像是将死之人的回光返照，这过程充满了着莫名的诡异与忧郁。

漫天烟火，十二个心愿

我们有时候并不希望一件一直糟糕的事情突然好转，像是将死之人的回光返照，这过程充满了着莫名的诡异与忧郁。

1977年底，荷西在附近的丹娜丽芙岛上谋到一份工作，主要负责营造“海边景观工程”，这一份颇有诗意的工作，很符合荷西的口味，幸运的是，也能为他带来比较稳定的收入。

彼时，三毛仍居住在大加纳利群岛上。两地距离不远，三毛从卡特林纳码头搭渡轮，只需四个小时就能见到荷西。尽管如此，为与荷西挤出时间在一起，三毛不惜空置了那所海边别墅，另在丹娜丽芙建构一个小家。

像在撒哈拉沙漠一样，她租下一个小公寓，房间虽小，五脏俱全，厨房、浴室应有尽有。最奇妙的是，屋子带着一个临海的小阳台，打开窗户，就能看到蔚蓝的大海。待经济条件好些，三毛与荷西又搬进一所相对宽敞的房子，房租很贵，可是他们都乐得消费，毕竟三毛是很爱享受生活的女子，只是这间房设计得比较普通，没有推开窗户就能看到海面的阳台。新家的阳台风景是一座远山，也好，三毛对此依然满足。

海与远山，只要是自己尽心选择的风景，三毛一概欣然接纳。

1978年末，在荷西将近一年的努力工作下，丹娜丽芙岛上美丽的人造海滩竣工，引进了澄蓝平静的海水。除夕之夜，滨海大道上挤满了前来观光游览的人群，作为这份工程的实施者，荷西很有成就地坐在海滩上，怀里抱着同样感到很骄傲的三毛。一阵风吹来，三毛乌黑的长发开始凌乱地飞舞，她感觉微微有些凉意，于是拉拉衣领再次朝着丈夫的怀里猛扎了去。远处，一道残阳湮没在海平面，留下点点破碎的斑驳的影。海滨景观，如诗如画，连人也一起陶醉其中。

终于等到午夜时分，天边绽放出一朵新丽的火花。紧接着，一簇簇缤纷的烟火纷至沓来，顷刻间照亮原本宁静的夜空。这时，午夜的钟声敲响了，荷西像个孩子一样对三毛说："快许十二个愿望，心里跟着钟声说。"

三毛抬头仰望着漫天的烟火，默默而深情地重复着："但愿人长久，但愿人长久，但愿人长久……"突然，在钟声停顿时，三毛一下从荷西怀里挣扎坐起，因为太过突然使得荷西大为一震，"你许了什么愿望？"

可此时的三毛，早已顾不得向荷西解释什么，一个沉闷且恐怖的声音在她心中回响——那一句"千里共婵娟"对她和荷西来说，似乎不是一个吉利的兆头，这难道意味着分离吗？三毛是个相信命运的人，此时此刻，她的灵魂有些颤抖。

过了好一会儿，她才反应过来，继而意识到荷西在跟自己说话，而她呢，什么也没说，只用两只胳膊紧紧地勾住荷西的脖子，仿佛下一刻，对方就会从眼前永远地消失了。

良久，荷西拍了拍她的背，说："好啦！回去装行李，明天清早回家去啰！"

三毛不肯放手，她失声喊起来："但愿永远这样下去，不要有明天了！"

荷西淡淡地朝三毛笑着，那双眼睛仿佛在说："你个小傻瓜，说什么胡话，怎么会没有明天呢！"

就是在这天夜晚，三毛无意中许了一个她自认不吉利的愿望，从此耿耿于怀。

新年来了，荷西的工作暂时结束。两人终于一起回到大加纳利群岛。一年的光景，曾被精心装饰的海边别墅早变换了模样，屋前茂盛而齐膝的野草，让两人感慨植物那强大的生命力。打开房门，屋子里到处落满灰尘，三毛与荷西相视一笑，立即各自投入积极的打扫战斗中。

两个月后的一天上午，正在院子里浇花的三毛，从别人那里收来一份拍给荷西的电报。她手拿电报，心脏不由得扑通、扑通地剧烈跳动起来，一瞬间又联想到那个不吉利的新年愿望，以为有什么不好的事发生。

打开电报，才知道是荷西的新工作，接下来他要去往的地方名叫拉芭玛。

荷西要去，三毛作为妻子当然不会单独留在家里。

拉芭玛当地有座火蓝色大山，三毛初见这种颜色的风景觉得既壮观又美丽，可如今再见，心头却涌动着一股说不出来的压抑。她也不知道这意味着什么，甚至这次与荷西的相逢也变得没想象中那么快乐。她一边走，一边喃喃自语地说：“这个岛不对劲儿！”可是荷西，却没有察觉到。

对这座岛屿，三毛与荷西并不陌生。一年前，两人结伴前来观光。眼见杏花春雨，三毛一腔热忱地奔走在小路上，却不想突然从花丛中窜出一个神秘女巫，朝着三毛用力扑了过来，最终她躲闪不及被女巫抓去一绺头发。虽有惊无险，却令三毛再也没了旅行的兴致，对拉芭玛也少了几分好感。

最要命的是，下榻的当晚，三毛在旅馆做了一个噩梦。醒来后，一股邪恶的黑色执念继续缠绕着她，令她心神不宁。

“我仿佛又突然置身在那座空旷的大厦里，我一在那儿，惊惶的感觉便无可名状的淹了上来，没有什么东西要害我，可是那无边无际的惧怕，却是渗透到皮肤里，几乎彻骨。我并不是一个人，四周围着我的是一群影子似的亲人，知道他们爱我，我却仍是有着说不出的不安，我感觉得到他们，可是看不清谁是谁，其中没有荷西，因为我没有他在我身边时的那种感觉。好似不能与四周的人交谈，我们没有语言，我们只是彼此紧靠着，等着那最后的一刻。我知道，是要送我走，我们在无名的恐惧里等着别离。我抬头看，看见半空中悬空挂着一个扩音器，我看见它，便有另一个思想像密码似的传递过来——你要上路了。”

冥冥之中，她感觉那一定是死神的传讯。她，三毛将不久于人世。想到这里，她瞒着荷西独自一人来到法院公证处，立下遗嘱，安排好死后的一切。

死神未到来的日子，三毛仍就买菜、烧饭、清洁房屋，像平日里的家庭主妇。因为担心荷西不好好吃饭，三毛总是做好午饭，再骑着脚踏车送到他的跟前。

中午时分，荷西停下手中的工作。两个人懒懒地坐在沙滩，享用三毛早上从集市买得的水果和点心。像一个顽皮的孩子，三毛把篮子里的东西一股脑倒在沙滩上，宠溺地从中拿出一根香蕉，剥掉皮，温柔地喂进荷西的嘴巴。荷西很自然地接住，笑着吞咽美味的食物，他甚至没有注意到，三毛看自己的眼神充满了怜惜。

这样的戏码终于演到三毛再也承受不住。一天，三毛轻抚着荷西的脸颊说："答应我，要是我死了，你一定要再娶个温柔一些的女孩子，听见没有？"荷西不以为然："你最近不正常，我不跟你讲话，要是你死了，我就一把火把家烧掉，然后上船去漂到老死。"

三毛深受感动，不再说话。

这一年的生日，三毛得到一只刻着罗马字的老式钟表。荷西的寓意简单而深刻，希望这只表能记录下他们今后在一起的每分每秒。

三毛不会想到，有生之年，还能与父母在如此遥远的拉芭玛团聚。

1979年秋，陈嗣庆夫妇决定去欧洲旅行，首站就是拉芭玛。

荷西从三毛嘴巴里得到这个消息后，一时间坐立不安，跟三毛结婚以后他还没有见过她的家人，他问三毛："该怎么称呼呀？是不是应该叫他陈先生？"三毛看着荷西一脸认真的表情，也被他"不着调"的称呼逗乐了："你如果叫他陈先生，他一下飞机就会马上乘原机回台北，我不是把你父亲叫做爸爸吗？"荷西不解："可是我们全家都觉得你很肉麻呀！"原来，西班牙的习惯是要称呼自己的公婆为某某先生、某某太太。

三毛仍然坚持："你不能叫他陈先生，你要叫他爸爸。"这一次，三毛陪着父母在西班牙小住半个月，然后一块飞回加纳利群岛，荷西请了假在机场等他们。没见面之前，三毛曾几次叮嘱荷西："在我父母来的时候，一次脾气也不可发，因为老人家有的时候难免会有一点啰唆。"荷西笑着承诺："我怎么会发脾气呢？我快乐还来不及呢！"

为了见岳父母，为了双方更好地进行交流，荷西每天都命令自己念上几个小时的英文。

没想到，荷西的表现还是太棒了，至少比三毛想象中讨喜很多。在看到三毛与父母从机场走出时，荷西立即像离弦的箭冲上前去，他一只手抱住三毛的母亲，另一只手抱住父亲，然后又对三毛说了句："你过来"，这样四个人紧紧地依偎在一起，这样走在机场，任谁都能看出他们是一家人。

三毛正为荷西的表现惊掉了下巴，突然，他用一句中国话大声地对身旁的男人喊道："爸爸！"而后又看着妈妈，大叫一声："妈妈！"喊完以后也不等回应，低下头提起箱子火急火燎地往前走。三毛这才提醒他说："荷西，说说话嘛！你的英文不差的。"荷西却用西班牙文回说："我实在太紧张了，我已经几个晚上没睡觉了，我怕得不得了。"三毛此时才懂得，让一个外国人按照自己的称呼传统叫老人，对荷西来说是有多么不容易。

把一对老人顺利接回家中，荷西有了更多精彩的表现。他学了很久的英语，也想尝试跟中国父亲做个交流。

一天，他用有些蹩脚的英文对三毛的父亲说："爹爹，你跟Echo说让我买摩托车好不好？"三毛知道，荷西一直想有辆摩托车，只是需要征求三毛的应允，这一句"爹爹"出口，想必陈嗣庆不为女婿说好话也是不行了——可见，荷西还真是个会撒娇的"孩子"呢！

因为父母的到来，三毛与荷西第一次感受到大家庭的温暖，也是因为父母的到来，荷西与三毛第一次谈到了孩子：

荷西："你觉不觉得我们该有一个孩子？"

三毛："是的，我觉得。"

一个月后，陈嗣庆夫妇打算到英国旅游，三毛主动请缨，表示愿意陪同前往。荷西到机场送行。这段时间朝夕相处，他与两位老人已经建立起家人间的感情，此刻要分别，竟有些不舍："妈妈，我可不喜欢看见你流泪哟！"

三个人坐上飞机，荷西远远地追送出好久，直到飞机变成一个看不清的小黑点。

谁也没能想到，这声再见，竟成永别。

荷西罹难，心上人葬身那片海

那一年，时光被刻成一种永恒；那一年，你未老去花未眠；那一年，总觉得有太多心事无从放下；那一年，可不可以来得再慢点。

那一年，不畏死生只因为我已孤单；那一年，我未归来你已归去；那一年，魂兮梦兮前尘往事都成空；那一年，我们没有过完秋天。

陈嗣庆曾在致三毛的一封信中写道：“在一个普通而安适的环境里，你们这种族类却可以把日子搞得甚富情趣，也可以无风起浪，演出你们的内心突破剧，不甘庸庸碌碌度日子，自甘把自己走向大化。”他还说，如果把人类分成三种：一、等死型；二、怕死型；三、找死型。他的二女儿和二女婿，都属于第三种。

其实，三毛与荷西，也都是怕死的。错过“同年同月同日生”的他们，也如这世上大多数相爱的夫妻一般，渴望能与对方“同年同月同日死”。不同步的死，意味着将注定有一人要承受孤单相思之苦。三毛陪着父母一同前往英国游玩，却不知，一场命定的分别正在走来。1979年9月30日，荷西照常去上班，在拉芭玛岛的海底进行水下工程操作时意外死亡。

噩耗传来，震惊了三毛的灵魂。她疯了似的同父母双亲火速赶回拉芭玛。落地的第一件事，就是出钱请人帮忙打捞荷西的尸体。望着此时风平浪静的水面，三毛怎么也不敢相信就在几个小时前，这片海曾吞噬掉一个年轻人的生命，那个她今生挚爱之人的生命。出了钱，很快就有人开船前往打捞，随着马达的发送，船只划动湖面形成一朵朵绚丽的浪花，三毛双手合十，默默地祈求上苍："我说上帝，我用所有的忏悔，哪怕手断了、脸丑了，都无所谓，一定要把我的荷西还给我，陪我的西班牙老太太告诉我，她看着我的头发一夜间，一点点的都白了。"然而，一直到月亮将余晖撒满整个海面，她依然没能等到丈夫的归来。

两天以后，荷西的尸体终于回到了陆地。由于在水中被浸泡得太久，尸身已经僵硬，到处浮肿。三毛已经痛到全身无力，肢体发软，却还拼着最后一把力气，嘶吼着朝荷西跑去。陈嗣庆死命阻止女儿，然而她还是不顾一切地扑了上去，来到荷西的尸体前，她一把将他揽在怀中，放声大哭。

准备葬礼是个极其痛苦的过程。三毛知道已经没有多少时间能跟他在一起。她想一个人，安安静静地陪会儿他，可是那些他的朋友们、同事们，全部闻讯赶来要为他守灵。三毛拼命地阻拦，一个劲地不许他们靠近。她那么爱美的女人，不顾形象地任头发凌乱地披散，眼窝处布满沉重的倦意。她说：“我不能忍受在他孤独时，有那么多人在我身边陪着他，我要那些朋友暂时在外边，我要陪他度过一段时光。荷西睡觉，喜欢牵着我的手，有时半夜翻了身，还到处找我的手，我轻轻抚摸着，仿佛看见覆在荷西身上的床单，一起一伏，荷西在呼吸，荷西没有死。我大声地叫着，他没有死。”

望着荷西永远熟睡的模样，三毛不禁想到了曾经他们之间的一段关于死亡的对话。

某天，因为《爱书人》杂志的一篇约稿：“假如你只有三个月可活，你要怎么办？”三毛问荷西：“你要怎么死？”荷西不回答，而是反问她：“你要怎么死？”三毛回说：“我不死。”

当荷西看到这封邀稿信，他十分不快地说：“鬼晓得，人将死的时候要做什么！”他接着说：“这个题目真奇怪呀！”见三毛没任何反应，荷西有些着急地说：“这个稿子你写不写！你到底死前三个月要做什么，你到底要怎么写嘛？”三毛不理他，仍然继续揉面并且说：“你先让我把面揉完嘛！”“你到底写不写啊？”

眼见荷西一副不肯善罢甘休的模样，三毛只好停下手里的动作，转过头去看着他，用那满是面糊的手摸摸他的头发，对他说：“傻子啊！我不肯写，因为我还要替你做饺子。”讲完这话，她便继续干活。突然，一双熟悉的大手环绕过来，紧紧地抱住了她的腰肢，久久不肯放开，三毛笑了：“你神经啦！走开啦！”

三毛要去拿擀面杖，可荷西依然死死地抱住她，三毛只好娇嗔地嚷说：“你这个人怎么这么讨厌……”话说了一半，她猛然一回头，看到荷西此刻双眼中充满了泪水，三毛一下呆住了，接着就听到一个熟悉的声音在她耳边说：“你不死，你不死，你不死……”

两个人商量的结果，荷西叫三毛不要理这个杂志，因为他们都不死。三毛故意笑着问荷西：“那么我们怎么样才死？”荷西一脸认真地回：“要到你很老我也很老，两个人都走不动也扶不动了，穿上干干净净的衣服，一齐躺在床上，闭上眼睛说‘好吧！一齐去吧！’”

为了荷西这个温馨的回答，三毛最终拒绝为《爱书人》写那篇稿子。后来，《爱书人》追问三毛放弃参与的原因，三毛给了一个全世界最傲娇的回答：“我有一个丈夫，我要做饺子，所以没能写。”

没有想到的是，她避免碰触任何一个与死亡有关的字眼，却仍然没有躲过这场离别。荷西——那个曾许诺她一起老死告别世界的男人，此刻就安息在她的眼前，永远都不会再回来。

三毛想到那个令人担忧的新年愿望，是的，它终于像个魔咒似的应验了。可谁能想到，死去的人不是她，而是她更爱的荷西。

我不知道，当那时的三毛，抚摸着荷西那具冰冷的尸体时，是否曾后悔过当初拒绝为《爱书人》写稿的邀请。如果她满心真诚地回答了那个问题，或许，哪怕最后荷西还是要离她而去，她至少也能在那有限的“三个月”，为荷西多做些无憾的事……

这个命题使我想起读小学时念到的那篇课文：“假如上天只给你三天光明，你将怎样使用你的眼睛？”人类或许总是如此，在厄运尚未到来，总以为人生的幸福是无穷的，今生的时光是无穷的，生活可以任由自己造次，却不懂得，当灾难来临的那一刻，做什么、说什么都是无济于事的，从未认真生活过一天的人，只剩下满目的疮痍，满心的忏悔。

对此，我曾发表一句心情：“不懂得珍惜眼前的时光，就注定无福消受未来的幸福。你总讲来日方长，你总说别来无恙。可明天在哪里你我都不知晓，来日没有方长，别来怎会无恙。”

或许，人类永远是迟钝的。只有当开水烫到肌肤，长刺刺入骨髓，才能感知到珍贵的疼痛吧！

三毛守着荷西，过了一个凄冷而漫长的寒夜。她任眼泪默默地流淌，直到浑然无觉；她同荷西说着悄悄话，直到声嘶力竭。记得以前，因为荷西从事的是一份高危的工作，所以他睡觉时总要握住三毛的手，才能安心地进入梦乡。为了让丈夫睡个好觉，三毛彻夜都把手掌放在他的手心。甚至不惜为此牺牲自己创作的时间。这是不是代表着荷西原本也是一个怕死的人，他深深地害怕着死亡之神会把他和心爱的三毛分开。

明天就是荷西的葬礼。这一天，三毛独自来到墓园，想要亲手为丈夫挖坟。小时候，她因为喜欢这种僻静的环境而常常在坟边玩耍，此时此刻，这里却成为她最不想要靠近的地方。想到心爱的男人此后就将永远安息在此，三毛的心很痛。那一铲一铲的泥土被挖起，扔在一旁，她的眼泪掉落在周围每一寸的土地上，她抽泣着说："我要独自把坟挖好，一铲一铲的泥土和着我的泪水，荷西能死在他另一个情人——大海的怀抱里，应该也无憾了。"

盛装荷西的棺材，是同事们一起出钱买的。到了下葬的时刻，三毛依然没有做好永远告别的心理准备。看着棺椁缓缓落入挖好的土坑，三毛突然疯狂地嘶嚎起来。一旁的父母只好用力拉住她，才得以使葬礼顺利完成。

荷西离开人世的这一年，仅仅三十岁。多少人在这一年，正纵情肆意地享受着年轻的生命，而荷西，他还有那么多关于航海的梦想没有实现，他还有一个没爱够的妻子留在人间，他甚至都没来得及给自己和三毛一个孩子。三十岁，如此匆匆。

死的人去了，留给活人以难题。不知道死亡的尽头——另外的世界，有没有思念。如果有，那三毛相思的痛苦可以少一点。荷西走了，她的生活仍然不变，每天都要赶着去跟他相见。只不过，以前能摸到他的脸，听到他的声音；而现在，除了在他的墓碑前放上一些生前他最喜爱的水果，三毛同他讲话，也再得不到回音。

荷西安息的地方，离他出事的地方不远。目光绕过不远处的山坡，三毛似乎还能感知此刻荷西正像往常一样，在那片他最心爱的海洋里卖力工作。她一个人坐在气氛庄严肃穆的墓园，不知不觉就坐到了黄昏，渐渐地，幽暗的夜色升腾起来，一阵寒风打碎了她的梦境。

守墓人路过，对她发出关怀的问候："太太，回去吧！天暗了！"三毛这才起身，远远地看到小镇上已是万家灯火。她凄凉地回到自己的房屋，一股更寒冷的感觉朝她扑了过来——曾经视如珍宝的小家，因为少了荷西的身影，如今不再令人留恋。花了半个月的时间，三毛帮荷西料理完全部的身后事。

三毛深谙西班牙人信奉天主教，于是请了一位老木匠为荷西制作了一个十字架，那是她自己设计的。墓志铭上，刻着三毛撰写的碑文："荷西·马利安·葛罗。安息。你的妻子纪念你。"

十字架做好了，她不要任何人帮忙，一个人把沉重的十字架搬到荷西的坟前。坚硬的十字架划破了掌心，三毛用泪与血，将荷西的归宿筑造完成。

拉芭玛岛，是三毛与荷西生活的最后一座岛屿。蓝色的火山从此成为三毛一生恐怖的记忆，那里埋葬着一段永远失去的六年的深情。深秋的拉芭玛，留给三毛太深的噩梦和极致的悲哀，她在书里写："那一年，我们没有过完这个秋天。"

回归台湾，与琼瑶的一次彻夜长谈

荷西的死，带走了三毛一生美丽的梦，她变成一只折翼的鸟，再也飞不起来。荷西也同样带走了她眼神里的光明，从此，世界毁灭，路途暗淡。

陈父和陈母看着日渐消瘦的女儿，别提心口有多痛。他们知道，让三毛留下来绝对不是一个好办法，睹物思人只会让她更加想念已故的丈夫，说不定还会自寻死路。两个老人商量着，要找三毛推心置腹地谈一谈，请她跟随他们一块回到台湾去。三毛虽内心不舍，可看着眼前这对一夜白发的父母，只好答应下来。

临别前，她再一次来到荷西的墓碑前，眼泪低垂。用手指再一次轻轻地触摸着这座自己亲手搬运的墓碑，划过石刻的自己的名字，轻轻地对荷西道别："我最后一次亲吻了你，荷西，给我勇气，放掉你大步走开吧！"可实际上三毛并没有这么坚强。她背着荷西朝着相反的方向狂奔了去，跑了一大段路，忍不住停下来，胸口像是被什么东西碾压着使她丝毫透不过气，眼泪大颗大颗地掉落，随即又转身朝着荷西的方向奔回去，她心里一千个一万个舍不得，直觉告诉她——还是不能把荷西一个人孤独地丢在那里！

她跪在地上发疯一样地开始挖土，直到手指摩擦出血，哭喊着说：“让我再抱你一次，抱到我们一起烂成白骨吧！”陈父陈母见状，赶紧上前将三毛拖走了。

她也不挣扎，全身剧烈地抖动着，泪如血涌。“最后回首的那一眼，阳光下的十字架亮着新漆。你，没有一句告别的话留给我”。

这使我想起《鬼丈夫》里的情境，当乐梅得知起轩已经病亡，她发疯一样地跑着跪倒在他的墓前，一个人自说自话地落泪，向他诉说内心的绝望；想起苏轼怀念亡妻的那首词：“十年生死两茫茫，不思量，自难忘。”——并不是非要这个人不可，只是有过她（他），就不想再要别的什么人，这算是对爱情的一种固执吧，坚持我所爱，无悔无怨。

三毛原本就不是一个乐观的人。我猜她的内心是极其孤独的，说是患了抑郁的缘故也罢。早年在学校所受到的耻辱，让她几欲放弃生存的念头。对于爱情，荷西像一位天使拯救了她，就像早年遇到的那三位给她带去温暖的老师，她必须要靠另一个人的力量才得以面对艰难的人生。

可以想见，荷西的死也几乎带走了三毛对生的眷恋。

1979年秋天，三毛做了一段时间的守墓人后，跟随父母回到台湾。台湾难道就不是她的伤心之地了吗？曾经，她的荷西还承诺说：“来年，要跟岳父岳母一起来春暖花开的台湾看看。”这位西班牙青年，在很小的时候就对东方充满了好奇，很早就想能娶到一位东方新娘。可命运竟是残酷的，直到他去世，东方之行也未能实现。因此，对于众多喜欢三毛的读者来说，那个荷西将永远只活在她的文字间了。

最初的几天，三毛仍然心痛不已。一天，她在跟父母交谈时，露出了自杀的念头。陈父最为担忧的事情终于发生，他心头的怒火猛烈地燃烧起来："你讲这样无情的话，便是叫父亲生活在地狱里，因为你今天既然已经说了出来，使我这个做父亲的人，日日生活在恐惧里，不晓得哪一天，我会突然失去我的女儿。如果你敢做出这样毁灭自己生命的事情，那么你便是我的仇人，我不但今生与你为仇，我世世代代要与你为仇，因为是你，杀死了我最最心爱的女儿！"

听了这番话，一旁的母亲默默地流起眼泪。三毛再也按捺不住内心的悲恸，伤心地大哭。看到同样爱自己的父母心痛如斯，她只好暂时放下自杀的想法。

可是，她的心情依旧沉重。整天待在家中无所事事，脑海中总有荷西呼唤的声响，她想要回应，一回头，却发现他不见了。梦魇像魔鬼一样困扰着她的精神，并连累她的身体逐渐变得消瘦，几天的工夫，便是眼眶深陷，精神恍惚。

台湾的朋友和很多读者惊闻了三毛的遭遇，纷纷发来信件，鼓励三毛重新站起来。其中，较具代表性的两位，就是皇冠出版社的出版人平鑫涛和作家琼瑶。

看到自己儿时倾慕的作家写来的电报，三毛的内心是激动的。日子仿佛穿越重重阻隔，回到了那些她蹲在家中痴读《烟雨濛濛》报纸连载的时节。上次，三毛回到台湾，还曾到琼瑶家中拜访——两个台湾最负盛名的畅销书女作家的初次相见，堪称二十世纪的一个经典。

现在想来，“人以类聚，物以群分”这句话是对的，只有自己真正达到某个标准时，才有机会融入所谓上层社会的圈子。三毛原本无心当作家，一次偶然的成名使她收获颇丰。一个志在四方的流浪者，一个盛名之下的作家，双重光环笼罩着她，促使她开始书写全新的篇章。

两位作家初见甚欢，三毛给琼瑶留下了极好的印象，所以这次她有难，琼瑶自然会挺身而出。

在深秋寂静的一个夜晚，三毛一身素装，礼貌地敲开琼瑶的家门。她带了一束鲜红的苍兰，那是琼瑶钟爱的花种和颜色——无论三毛此时是多么悲伤，骨子里是多么稚嫩的人，做起事来却还是有成熟的样子。她虽悲伤，却依旧没忘琼瑶的喜好。

久违且默契的相视一笑，开启了一场长达七个小时的彻夜深谈。以前看一本小说，里面描写编辑和作家的约谈一般都习惯在深夜，没想到两个女作家约谈，竟也选择在深夜——难道夜深人静的气氛更有利于彼此交流真心，不管怎样，这次谈话，终结了三毛的寻死之心，重新打开她的心门。琼瑶像一位智者，又像一位长姐，用她毕生的能量唤醒三毛沉睡的意志。那一晚，三毛睁开混沌的眼睛，第一次，有花开的声音在心中澎湃，她对琼瑶说：“虽然我的翅膀断了，我的羽毛脱了，我已没有另一半可以比翼，可是那颗碎成片片的心仍是父母的珍宝，即使再痛、再伤，只要他们不肯让我死去，我便也不再有放弃他们的念头。”

从这一刻开始，三毛决定将荷西放在心里，他是属于她的，也是属于海洋的。只不过，先她一步，他选择跟他的梦想在一起了。

我以为，人在世间有两样本领必须掌握，一是得到后的珍惜，二是失去后的放弃。前一种，如果得到以后不珍惜那么早晚会失去，到时候免不了后悔莫及；后一种，如果失去以后学不会放弃，那意味着自己的人生都要赔进去。过去的已经过去，有意义的人生永远是当下与未来。如果一个人总沉湎于过去的伤痛，那未来就毫无意义。

成年以后，我渐渐懂得，人活在世上总是要替别人考虑的。人们总说："人生是自己说了算。"可如果你做的很多选择都是建立在伤害别人的基础上，那这些事情注定没有实现的必要。三毛的伤怀想必还是她觉得荷西是她今生很大的一个依靠，在内心深处，三毛并不是一个坚强的女子，虽一个人走遍了万水千山，却是靠着心里能有一个等待自己回去的人和接受自己回去的地方作为依托的。不然，飘零着的三毛，始终是孤寂的。所以，我常常臆测：她所向往的远方是不是一个并不存在的地方……

但不管怎样，这就是我们眼中"独一无二"的三毛！世间数以万计的人，再没有女子如她一样，骄傲的绽放，半生成谜。她要很多很多的爱，才能赶走内心深处的寒冷；要很多很多的关怀，才能照亮去往未来的路途。

东南亚之行，通往天国的阶梯

有人说：“爱上一个人有时只需一秒钟，可忘掉一个人却需要一生。”有人说：“既然做不到忘记，那不如记着。”还有人说：“该记得的，始终都会记得。”应该是这样的吧！尽管纷纷扰扰、物换星移，但这世上总还有一些东西是亘古不变的，甚至是历久弥新的。发生过一些事，尽管事情变了，那些经历与感悟却会始终留存在心底；遇到过一些人，尽管物是人非，却会时不时地想起。这些过往填充了每个人的脑海，直抵灵魂，构成了每个人与众不同的人生。

治愈悲伤，每个人都有自己独特的方式。有人选择音乐，有人选择电影，有人暴饮暴食，有人刷卡消费。不管哪种，都希望那颗被伤透的心，能早日痊愈。三毛的方法是——流浪。她是世界的女儿，当然要回到世界的怀抱里去。

“红豆生南国，春来发几枝”，这正是春光明媚万物复苏的大好时节，三毛整理了心情，再次出发了。这一次，她要去往的目的地是东南亚的周边以及香港。我想三毛必不喜欢常年停驻在某个地方，她的心需要呼吸新鲜的空气，保持行走才能还原一个真实可靠的三毛。

这是1980年的春天，三毛首先来到了东南亚。在泰国，她遇见了一座令人惊艳的城市，以至于回家后，还将全部的感受化为文字："那次在泰国海滩上被汽艇一拖，猛然像风筝似的给送上了青天，身后扎着的降落伞涨满风之后，倒像是一面彩色的帆，这一飞就飞到了海上，心就像在滴血。死了之后，灵魂大概就有这种在飞的感觉吧？"这次的体验让三毛感到惊喜，她认识到人活着还能尝试很多不一样的经历，也更坚定了勇敢活下去的信心。

最后的一站是中国香港。虽然台湾与香港只有一海之隔，但此前三毛从未到过香港。在文艺青年的印象里，台湾是小清新的聚集地，香港则是东方之珠，无尽的繁华。在拥挤的街道，三毛穿越陌生的人流，品尝这里的食物，饮用这里的水，和素不相识的人学着蹩脚的广东话，用"好不容易"再生的生命去仔细地体察人生的奇妙与艰辛。

我想，旅行的奇妙就在于：每一次都能给生命带去不一样的新奇，而那首家喻户晓的《橄榄树》，此时亦充满了欢快的节奏，"不要问我从哪里来，我的故乡在远方"——流浪，似乎得到的更多的是一种惊喜，像上天的恩赐一样。

总觉得，我们应该要尽可能地迈出步伐，到外面的城市走一走、看一看。这世界满眼繁华，每个地方的风土人情都各有差异，有些人教我们学会勇敢，有些人教我们学会聆听，有些人辜负爱人的一世爱意，有些人倾尽毕生只为了完成小小的心愿……

如果不走出去亲眼看一看，我们会自作聪明地以为，自己所看的一切就是全世界，自己所遭遇的一切就是最可悲。殊不知，在我们并不熟悉的角落里，还有很多如我们一般平凡的人在用生命书写一段段令人惊叹的传奇。

一路走来，三毛遇到很多人向她表达自己对她的喜爱之情。偏偏三毛，不是那个热衷鲜花与掌声的女子，她仍然持有一颗素心，坚定地向往着一片宁静。因此，每次回到台湾，她总也不习惯那里的热闹，就像小时候不想要进课堂听讲一样，总想逃之夭夭。

烦扰中，她再次想起那个环境清幽的大加纳利群岛来，那里有她和荷西共同营造的一段神仙眷侣般的生活，有她活下去的希望与勇气。

我不知道名人是否都这样。成名为三毛带来的烦恼之一，就是她宁静的生活被打破。或许，她并不希望自己的故事被更多的人所知晓。虽然发表文章，曾给她带来很多的兴奋与感动。

坐火车的时候，三毛永远喜欢坐在靠窗的位置。人是在车厢里，可是视野却在草原与湖泊上流浪。每每看到迷人的景色，她都心驰神往——这样挺好，至少有美景美色，大自然用心塑造的一切还能唤醒一个人沉睡的心灵；不像有些人，对万物生灵没有丝毫的情感，总以为生命中出现的一切都是一种理所当然。

她在《不飞的天使》中是这样记录心情的：“火车一站又一站地穿过原野，春天的绿，在细雨中竟也显得如此寂寞。”

第一站，来到瑞士。再踏故土犹如旧事重提，唯一不同的是，时光赠予了一些故事，而自己也经历了几重身份的转变。每条街道都有了一个跟自己相关的名字，每处风景都成为梦里流连的景致。人最终还是更爱自己的吧，因为这里留下了一些回不去的光景，所以才会格外想念。

第二站，巴塞尔。迎接她的正是奥托的女儿歌妮和儿子安德列阿，还有歌妮的男朋友，他就是“小瑞典”可爱的邻居——达尼埃，《稻草人手记》中那位巨人男孩。外国友人都很喜欢三毛的真性情，奥托夫妇还曾挽留她在这里度过后半生，当然，他们也都知道三毛与荷西之间的那段真挚的感情。

奥托夫妇都有一颗慈爱的心，他们把三毛当作自己的女儿看待。达尼埃呢，她太知道三毛有多热爱旅游了，于是联合另外两个年轻人，带着三毛踏上前往法国的征程。

因为热衷旅行，三毛在世界各地都收获了一帮交心的好朋友。在加纳利的海边，希伯尔听说三毛回来了，便放下手里的活儿跑着前来找她，一见面就忍不住对她倾诉相思之情，并且宽慰三毛说，他在报纸上曾看到过她在新加坡被读者们簇拥得水泄不通的场面，看到他的朋友被人群夹着、裹着，一副很难受的样子，他真是替她心痛。要知道，希伯尔也是一位很爱拾荒的人，所以他太懂得三毛不喜喧嚣的性情了。

这一次，希伯尔邀请三毛到他的家里做客，他有很多拾荒得来的好东西要跟她分享，还有什么能比跟一个懂得自己的人聊天更让人幸福的事情吗！再次看着三毛那头乌黑的长发，他的一颗心都要激动地跳出来啦！为了感谢这次的相逢，他还大方地要三毛挑选一件自己最钟爱的衣服。

除了这些朋友，三毛不愿见更多的人。她的旅行，像是重温一场以往的好梦。行程很匆促，路上舟车劳累，很容易使三毛心情不佳。谢绝了奥托夫妇的挽留，当天晚上她便搭乘飞机飞往奥地利维也纳，堂哥懋良——那个二十年前寄住在三毛家，和她一样人性的堂哥，在那里等她。

成年之后，他也飞到国外来了，看他儿时固执的性格，似乎出国也在情理之中。时光一晃二十年过去，如今陈家的两只“黑羊”，在遥远的异国他乡会面，真有种说不尽的沧桑。可喜的是，堂哥儿时的心愿也已达成，如今在维也纳做了一名专业的音乐家，并且娶妻生子，可谓功成名就、家庭幸福。

三毛去到堂哥家，给他们带去了几只沙哈拉威人的石鸟。第一次见面的堂嫂很开心地收下礼物，作为交换，她手把手地教三毛学做当地的美食——泡鸡蛋。

维也纳是一座温馨的城市，褪去旅途的疲累与孤单，三毛此时竟有一种久违的来自“家”的感动。

离开维也纳之后，三毛来到了马德里——终于还是来到了这里，荷西的故乡。荷西去世以后，来马德里成了一件极其需要勇气的事。对于三毛来说，这里有太多关于荷西的回忆。在马德里的某个街道，还住着婆婆一家。

现在的她依旧不喜欢跟人打交道，可是就算没有了荷西，婆婆也仍然是婆婆。从道理上说，三毛理应去一趟，况且，荷西死后的遗产事宜，两边人一直没有当面交代清楚。

因为她的性情使然，三毛临时决定在巴塞罗那逗留一天。她骑了那里游乐园的旋转木马，马蹄飞奔起来的时候，三毛的悲伤被干净地甩进风里；也看了那里黄昏下的落日夕阳，河面上波光点点，每一滴流动的水珠都载满了生命的感悟。到了夜晚，这座城市变成一片绚丽的灯海，矗立桥头，她不知道风是从哪个方向吹来的，只是任由它顽皮地撩起自己的长发，那一刻，她的心灵得到片刻释放。

不可回避的是，这座城市也有关于过往的记忆。十多年前年的某个雪夜，她从马德里坐火车，和一群同样热爱艺术的朋友一起度过一个非常难忘的圣诞夜。那时的三毛，尚且没有与荷西坠入深沉的爱海，仍然是个执迷于流浪的都市丽人。荷西完完全全是她身后的一个小尾巴，无论她走到哪里，都能听到对方热情的回应。失去这样一个人是很痛苦的，因为她突然发现，这个世界在那之后突然变成一座冷寂的死城，那个人曾带给她的所有温暖，也随着他的离去一并消失。

只身一人，重温故地。我认为不是任何一个人都有这样的英勇。那无异于亲手用刀划开自己的伤口，任它鲜血淋漓。

带着回忆，终于来到了婆婆家中，没有想到的是，夏米叶和小姑子伊丝贴对她仍有满满的热忱。特别是伊丝贴，当年她为了撮合三毛与哥哥的姻缘，付出了不少心力。如今哥哥走了，她对三毛的真心依然不减，极力主张她赶快脱掉身上的黑色丧服，换上彰显活力的七彩春装。这个大义凛然、一身正气的小姑子，甚至会在父母与三毛争执荷西的遗产时，非常坚决地站在三毛这一边，稳稳地支持她。

她，是真心爱着三毛的。

夏米叶呢，也没忘记两人当年的交情，主动为三毛拿到荷西的相册——那是婆婆看得很紧的宝物。这一趟回来，三毛对已故的丈夫有了更多的了解，还听伊丝贴讲了很多关于荷西童年的趣事，她一边笑着在脑海里想象，一边懊悔自己是那么不懂得荷西的心。

终于“应付”完所有的一切。三毛最想做的，仍然是去到荷西的墓碑前，与他倾诉一些心事。那一天应该没有雨，而她的心却滴满泪水。荷西的墓碑落满了灰尘，十字架也变得陈旧，一切都变得触目惊心。三毛感到一阵难过，她能想象在那些自己离开的岁月里，一场场暴风雨是怎样击打着心爱人的安眠之地。

她买来棕色的油漆，一遍遍粉刷着荷西的墓志铭，每涂抹一遍，就感觉自己又想念荷西一点。时空交错中，如果两个灵魂彼此念念不忘，未来也必定会在某个瞬间重逢吧！

回归大加纳利岛，陪伴是最长情的告白

“存在即是合理”，黑格尔不会知道，他无意中留下的一句话，却给我的人生带来莫大的鼓励。曾经的我，是人们眼中的一个“怪胎”。同三毛一样，我热爱旅行，认为天大地大“处处无家处处家”；我不擅与人交际，也不喜欢与人应酬，那些推杯换盏觥筹交错的事情，对我无异于一种深邃的折磨，一种无法复原的毁灭。我向往自由，喜欢独处，总觉得宁静里的时光蕴含着无限能量。

我同样坚信人可以被环境所感染，孤独的状态不会觉得凄凉，反而是一种轻松的享受。

1980年夏，三毛做出一个令常人难以理解的决定：她将回归大加纳利岛，在那里独自生活一段时间。

没有为自己规定要停留多久，因为她不知道可以停留多久。做出这样的决定，或许是要跟那段时间好好地说声再见，或许什么都不是。

在西属撒哈拉的岁月，是一段与风做伴激情昂扬的岁月。三

毛在这里，尽情释放性格里的孤僻，把沿途的风景当作一种对生命的供养。

总感觉她是那种很容易被外在环境牵引的人，再加上一种与世俱来的孤僻，三毛此刻的人生，无异于负重前行。但我又想，她仍然热爱生命，不然不会对荷西的离去感到如此悲伤，毕竟，人生苦短，谁不想与有情人一生到老？

在孤独与僻静中，三毛才能重新找回自己。所以她这次故意选择了一处离群索居的社区，就是中意周围的环境：只有一些年迈的老人，他们终日与山海为伴，肆意地享受晚年的惬意。

没有同乡人，甚至没有同龄人，时年三十七岁的作家三毛，在这里过起世外桃源的生活。

提到老年人，我不知道大部分人对让他们是什么印象。享尽天伦？晚景凄凉？三毛选择与他们为伴总有她自己的原因。或许是荷西的突然死亡，引导她开始思考人生，思考每个人都必经的生老病死。

每天下午，她会去海滩静坐。关于眼前的景象，三毛在书里这样描写："一处纯白色的住宅面对着艳阳下的大西洋静静地呈现在眼前。那亦是一个奇异的海滩，大加纳利岛南部的海沙是浅米色的，且很柔软，而我眼前的这个海湾却满是黑色的沙石。远处各种峥嵘的礁岩与冲击的巨浪使人想起《珍妮的画像》那部电影里的镜头。这是一个咆哮的海滩，即使在如此明亮的阳光下，它仍是雄壮而愤怒的。奇怪的是，我在那儿坐了近两小时，竟然连一个人影都未看见。"

风景存焉，可是人迹罕至。没有人说话，她听的是风与浪的低语。

三毛是诗意的。流浪的日子也不忘把家里装饰得文艺美观。她喜欢有后院和落地窗的房间，就像跟荷西同住的房子，推开窗就能看到蓝色的大海，以及海上的白色帆船。这里的房屋有一个僻静的小后院，她拾捡来细草秆，小心翼翼地铺成一座小小的凉亭，又找来木头，为凉亭配置了座椅，大方简洁，彰显出一个女人对待生活的情趣。

居室很美，属于西班牙风情的建筑。三毛特意买了米色窗帘，稳稳地挂在卧室的窗框上。沉重的心情，大概需要这样静谧的颜色来安慰。地上是一块米黄色的地毯，三毛喜欢赤脚在家中走来走去。

只是不知道，以前荷西冒着生命危险从共同的家中带回的那些什物此刻被安置在了哪里？或许被三毛带回到台湾，留作生命永远的痕迹了吧！客厅的角落里，一排很大的书架十分抢眼，想想也是，作家的住处怎么能少得了心爱的书籍！书籍上面放着两张放大的照片：一张是荷西的单人照，大胡子穿着他生前最喜欢的潜水衣，露出一个神气的微笑；一张是他们夫妻的合照。这两张相片都是黑白色。三毛钟爱黑白的色彩，当年留给荷西的许多照片，也都是黑白色。还有，现在我们通过网络所能捕捉到的都是黑白色的三毛，更真实、更具象。没有花花世界的那些花花心思，呈现在所有人面前的，就是一个单刀直入、简简剔透的三毛。

照片上的三毛，乌黑的秀发里插着几朵淡红色的康乃馨，她是真喜欢大自然孕育出的花花草草。她旅行，或许就是为了回归大自然吧。

可能是不喜欢在同一个地方待太久，后来，三毛卖掉了这所房子，搬家到一座两层的小楼宅院。很快，这座院子也布满了她的“创作”：在院子中央，三毛种下一棵高耸入云的相思树，枝丫重重叠叠垂到腰际，将房屋装饰成一道温婉的清梦。

三毛很满意她的新客厅，窗帘是由海景制作而成，里面天水一色，“呼”一下，顷刻间就将自己置身于梦幻的蓝色风景。一定要有一把摇椅，以便在情绪来了的夜晚，拿一把口琴窝在里面，嘴巴里哼着歌曲，为自己重温下美好的过去，最喜欢的那首要属《甜蜜的家庭》，在橘黄色落地灯的印照下，挥洒别样的温情。

有些难过的是，这里距离美丽的拉芭玛很近，每天隔着一座海，三毛完成与相思的对望。那座曾经载满幸福的小岛，因为荷西的丧生，成为三毛一生都不敢触及的伤痛之地。岛屿上还有那位令她心惊胆战的巫婆，如果再去，不知道会不会再次遇到不祥的事情。

但为了长眠于此的荷西，她仍会打破内心的恐惧，一次次飞往岛屿，去到墓园为他扫墓，可她心里充满了矛盾，“可是每去坟上坐下，便是要痛疯，他在水中起来的样子当初不该看的，而今一想便是要痛死”。

当初父母拼命拦住她，不要她看见那令人崩溃的一幕，却最终失败。如果那些年，曾有人刚好路过这座岛屿，说不定会在某个黄昏，遇见这样一位面色冷静的女子：她穿着简单的白色棉布裙，脚上穿着一双普通的凉鞋，沿着海边淡淡地、浅浅地行走，如同迎面而来的一阵清风。我想，“清风徐来，水波不兴”，大抵就是这样的一种感觉。

这一次的放逐，与以往俱不相同：这次，三毛是带着使命来的，她要唤起新生。或许是上苍怜悯她的真心，竟在这座荒无人烟的小岛，着手安排了一场爱情。一位名叫西沙的台湾作家，为了三毛不惜从英国飞到加纳利岛，不断向她表示自己的诚意。然而三毛正深陷于对逝去爱情的缅怀，根本无暇顾及求爱的对方。所以当她面对作家的一片热情，只能回之以冷眼。几次之后，作家的心彻底被伤透，伤痕累累的他激情昂扬，用一颗近乎枯竭的心以及一支饱含浓情的笔，集中创作了《在风里飘扬的日子》和《童话》两篇纪实散文，详细地交代了他与三毛相识的经历。

虽然三毛对这位求爱的男子甚是刻薄，可他却没有抱以怨恨，书中铺撒墨香的文字是他为她在心疼：“她是完完全全的没有一个亲人，住在这个天之涯地之角的大西洋海岛，而她的海滩更是荒凉如死，这样的隐居对她仍然年轻的生命合适吗？”

可这就是三毛的选择。但凡她所爱的，爱她的人理应选择理解。

三毛一生待人真诚，她虽不懂得世俗交际的礼仪，却始终保有一颗真诚的心。一位交往多年的女友，曾写信对三毛说，她想要来岛上看老朋友，遗憾的是最终未能实现。三毛得知此事，急忙写信向朋友解释：“我又在多心，是不是那个‘西沙’的文章在报上刊了出来，其中有一段话，说我不喜欢外人来家里。这段话伤到了你不肯来？那是对西沙说的，他不是朋友，我甚至有些讨厌他，当然那么讲，可是你，我们是知心的。”

她的好友丘彦明，就曾受到她的热情款待。朋友到达的那天，三毛捧着沿途买来的一大束鲜花，早早等在机场。见到朋友的一刻，她露出欣然的微笑，先一步朝着对方奔走过去。待把她接进家中，又很贴心地按照朋友的喜好重新布置房屋，一边忙碌着，一边不忘叮嘱朋友要放轻松、千万不要拘谨；又跑去海滩，捡了石头为朋友作画看。

“有朋友自远方来，不亦乐乎！”因为好友的到来，冷清的小屋也多了几分活力。三毛似乎要把全身的热情都榨干，她亲自下厨烧制几样拿手小菜，席间打开一瓶珍藏许久的红酒，同朋友推杯换盏畅所欲言，一起欣赏窗外的落日。

知道朋友热爱旅行，三毛热情地开车载她环岛游，两个人有说有笑一直开到北部的小镇Terror。朋友离开的时候，三毛一再挽留，最后把人送到马德里，望着对方的背影直至消失不见，她才放心地开车回家。

认真的人虽不会对太多的人交心，可一旦交心，就恨不能对每个朋友都奉献出全部的热情。三毛的用情至深，不是别人轻易能懂的。

在海岛上，最多的还是一个人的时光。为了打发时间，三毛忙不停地装饰房间、整理庭院。她喜欢按照想象里的样子打造和装扮自己的住处，喜欢动手制作一切的什物。只是木制家具的创造与改良，过去明显是荷西的工作，如今只能她亲自动手。制作一起制作过的物件最能勾起她对往事的回忆，三毛每次面对这些喜爱的家具，都能轻易联想起荷西鲜活的面孔，遇到繁琐的她不擅长的环节，或是累到什么都不想做时，三毛就会忍不住大哭，一遍遍呼唤荷西的名字："荷西，荷西，我再不能了。"

再不能看到你了。

再不能抱着你了。

再不能同你说话。

再不能拥有那如花美眷似水流年。

只能念着你的名字到余生……

夜晚最是撩人，总是容易起相思。三毛会做些什么呢，吃过晚饭以后，可能在夜的召唤下，回想那些在沙漠的晚上，荷西紧握着她的手掌睡觉，荷西抱着她讲动人的故事，荷西制作手工而她熬夜写作。那样的生活，美好得像从未发生过。

如果早知道，你我之间只有六年的相守，当初在荷西第一次向三毛表明心迹的时候，她还会义无反顾地拒绝吗……

不知不觉，三毛在岛上的日子已经流逝掉了一年。这一年，她独自一人过着恬静、无人惊扰的日子，颇有些张爱玲晚年远居美国离群索居的意味。她徒手装饰了一间间温馨的小屋，画过不少美丽的石头，或许，她已经越来越习惯一个人的岁月。

只是，铺满月光的路途，三毛选择将自己放逐在此，始终都怀抱一片深情。

第五卷

万水千山走遍

春节期间回了趟老家，竟意外联系上了多年未见的小学同学。在十几岁不明事理的那段时光，大家有缘在同个课堂读书，又师从同一位师长，学习和接受同样的文化。那个时候并不知晓，人与人的机遇就像天上的云彩，是会伺风而动的。

做回三毛：中南美洲旅行记

春节期间回了趟老家，竟意外联系上了多年未见的小学同学。在十几岁不明事理的那段时光，大家有缘在同个课堂读书，又师从同一位师长，学习和接受同样的文化。那个时候并不知晓，人与人的机遇就像天上的云彩，是会伺风而动的。

多年以后，当我跟记忆里的好友聊起曾经的时候，发现时间已很残忍地将我们带到了各自的生活，那段彼此互为陌生的时光塑造成了今日的我们。年少时喜欢的那个男孩子，已经长高，变得成熟，唯独脸上一对清澈的酒窝，还与过去我所熟识的人有着某种密切的联系。翻看他的空间和记事簿，穿着军装站在大太阳下笑得满面春风，夏天在机房里忙得大汗淋漓，他的一切熟悉又陌生。

时光改变了太多东西，悄无声息地将一个人雕刻成他应有的模样。正如蚕蛹最终会破茧成蝶，小蝌蚪长大会变成翠绿的青蛙。

三毛经历了痛彻心扉的丧夫之痛，逐渐迎来她生命中的另一个阶段。人生是什么样的谁都不知道，只好亲自走一走，看一看。

独居的生活虽然清贫，可三毛到底乐在其中，只是她的内心仍然是耐不住寂寞，仅仅一年，她便结束了独居生活，踏上了归途。

1981年5月，三毛在岛上接到中国台湾新闻局驻马德里代表刘先生打来的长途电话，在电话里，她被邀请参加台湾1981年度广播电视“金钟奖”的颁奖典礼。她原本想要一口回绝，可是想到自己已经一年多没有见到父母双亲，不如干脆借此机会回去看看，于是，三毛连忙拨通家里的电话，当听到母亲声音响起的那一刻，她不无激动地说：“妈妈，我要回家了。”

三毛一直是个任性的孩子。她随时都能流浪远方，随时都能回归故乡，来去一阵如风。时年三十八岁，三毛经历了一番孤独的自处，方才真正懂得父母之爱根深蒂固，她无论走到哪里，都带不走这一缕魂牵梦绕的“乡愁”，大概没有人是可以忘掉“根”这回事的吧，就连那些口口声声说要云游四海的人也是一样。漂泊的人走得再远，终究会在心底为故乡留存一个位置。老人们常讲“叶落归根”，人老了，哪怕已经去家千万里，也会想尽办法让自己活着回到故乡。

三毛再次回家了。如同上一次归家的戏码：机场夹道热烈欢迎的群众，亲戚朋友们轮番请客，读者们的热情的来信……不消片刻，三毛果然又待不住了。她开始怀念岛上那些僻静悠闲的时光。于是，她默默地在心中计划再一次的旅行。

成名以后，三毛感激数以万计陌生读者对自己以及作品的厚爱，奈何却无法消受读者长时间地热情追捧，她在书里“抱怨”说：“回到台北不过三四天，一本陌生的记事本都因为电话的无孔不入而被填满到了一个月以后还没有在家吃一顿饭的空当。”三毛受欢迎到何种程度呢？作家应未迟的文字为我们提供了一段真实记录：“女学生一见三毛，立即前呼后拥，将她团团围住，对着她端详，和她攀谈，找她签名，只差没有像外国人见了大明星一样，将衣服撕成碎片，带回去做纪念品。散会之后，同学们便将三毛包围起来，问东问西，久久不释。平日道貌岸然的院长郭树藩神父，也只好连声说：‘今天大赦一次。’最后总算突围而出，同学们还在不断向三毛大呼‘再见’。”

这样的盛名，折腾了三毛的身体，令她感到疲惫。她不是不喜欢热闹，只是不喜欢长久的热闹，因为被人追捧，三毛甚至觉得出名是件累人的事，她急于做回一个普通人。

如果你曾经听过三毛那卷珍贵的录音带，就会知道她说起话来，是有着怎样的温柔。她的声音质地柔软，像雨后春天默默生长的丁香，潜移默化地将她的思想、她人生的能量打入人的五脏六腑，倾听的人当时没什么感觉，直到后来才发觉自己已经被一个新鲜力量影响，然而那时已经晚了，你已被她制服并且改变。拿我自己来说，看文字中描写出的三毛，观察她的所有作为，我是决然不能想象，一个不羁的女子，竟能有如此令人着迷的温婉声线。人们常说：“文如其人、声如其人。”或许三毛本就是个如春风化雨般温柔，对任何生命都投掷以大度的爱的女子。遗憾的是，她只留了很短的一段话，三言两语简简单单地复述今生。当然，与荷西的相识、相恋、相守是这段内容的重点，这样也好，荷西在她温柔的话语中又鲜活了一次。

听完三毛的这段留言，我最大的感受是：三毛是个热爱生命的女子，她太珍惜上天所赐予的一切。想想我周边的一些人，没结婚之前彼此爱得死去活来，结婚之后却总是对对方挑三拣四，做了彼此一生的差评师。世上的人们，虽更多的伴侣一起走到了白首，可能有几对能像三毛与荷西这样，无怨无悔，彼此珍惜宽容地相守六年的时光。虽然短暂，可却用尽真情。陈奕迅的歌唱到：“得不到的永远在骚动，被偏爱的都有恃无恐。”可这样的悲剧，三毛用一片真心，就令她与荷西的爱情幸免于难。这难道不是她的一种人格魅力……

为了躲避这些令她感觉难以应付的热情，三毛宁愿整天宅在家里。大门不出，二门不迈，可这一点都不妨碍她用自己的方式安心享受生活。房屋里的一切，是她熟悉的，她与它们对坐，静静地注视，从清晨到黄昏，就这样消耗掉一天的光阴。

三毛并不孤独，因为内心丰盛如常。她一个人安静地坐在陈家大宅，想象力丰富，肆意挥洒，“我发觉这幢里面打通的公寓已成了一座古堡，南京东路四段里一座城堡。我，一个人像十六世纪的鬼似的在里面悄悄地坐着啃指甲”。

原本以为日子会一直这样流逝下去。却没想到，与纪政的一场相识，彻底改变了生活的去向。三毛成名后，纪政偶然在报纸上读到三毛的文字，甚为喜欢。她了解到少女三毛的童年经历，因为两人都曾有过敏感、自闭的少女时期，纪政将结识三毛作为今生的宏愿。此次得知三毛回台，纪政托人联络到三毛，终于相见恨晚。两个女人聊过以后，果然义结金兰。纪政待人诚恳，与三毛聊天得知她一直很想去中南美洲旅行，碰巧她的人脉名单里有一位相关行业的负责人，于是便为三毛引见铺路。三毛去了才知道此人正是《联合报》的负责人王惕吾。两人有过短暂欢快的畅谈后，王先生当即答应帮助三毛实现心愿，不但主动应承下旅行所需的全部费用，更派了美籍摄影师米夏做她的助手。

1981年11月的某天，三毛正式踏上她的南美之行。这趟旅程的起点自然是故乡台北，计划是一路经北美飞抵墨西哥；这趟旅程为期半年，因为再不用担心费用，三毛一路可以放心地游玩，纵情欢娱，这才该是旅行应有的姿态啊！

世界上壮丽辽阔的山河何其多，三毛为何独对南美这片土地怀有如此的深情？原因恐怕你是想不到的，三毛迷信这里，是因为她一直坚信自己是印第安人转世——我想，她或许是常常对镜审视，发现镜中人皮肤黝黑，又喜好扎细小的麻花辫儿，穿别人看来怪异，她却很热衷的服饰才会有这样的领悟吧。

本次旅行的第一站，墨西哥。原本以为会得到满心欢喜，不料却是铩羽而归。三毛喜欢毫无准备地去往任何一个地方，然后用双眼去遇见沿途一切的美好，她没想过首站就有人得知她到来的消息，并且为她安排好一切的行程。因为一个名叫约根的朋友的出现，这场墨西哥之行突然失掉了很多神秘感，没有了那种乍见之欢的快乐。不管去到哪里，约根就像个导游一样走在三毛和米夏的面前，他一路兴奋地为两个外来客滔滔不绝地介绍，丝毫没有发现三毛一脸的不快。

晚上，三毛与米夏被安排住进一幢豪华阔气的酒店。三毛对此更觉无聊。她向来喜欢的就是那种小家碧玉情调的民宿，哪里受得了这种“大家闺秀”般的酒店。

三毛旅行不喜欢有人做向导，如果跟朋友意见产生分歧，她仍会坚持自己的选择——想当初与荷西在同样的问题上，她也是这么解决的。米夏与三毛的兴致点完全不同，所以她们两人在可联络的地方，一直都是你走你的，我看我的。原本以为墨西哥之行就会如此无趣地结束掉，却不想当三毛走进国家人类学博物馆的那刻，在她看到一位名为“自杀神”的神像后，一切不快都消散于无形了。

三毛曾不止一次地自杀，因此她相信，另外一个世界绝对有一位掌管人自杀的神仙，即自杀神。童年因为一次不快的经历，三毛得了自闭症，对生活充满忧郁，那是她第一次试图自杀，方法是吞药。荷西去世以后，她对人间也好似不再留恋，几次在家中试图自杀，被家人连番救回。她相信这位神仙一定是有某种魔力，才能强烈地牵引她做出如此伤害自己的事，原本她是一个性情温柔、热爱生命的人。

她知道这世上想要自杀或已经自杀成功的人不止她一个，她很好奇究竟是怎样的绝望，才能促使一个人有勇气结束掉自己的生命——虽然，她的勇气来源于她对爱情的痛惜，可别人呢，别人都是因为什么才走到那一步的……

很多人不理解三毛最终的选择，说她的自杀是一场操练许久的演习，谁知道她在旅行的时候，是不是故意将自杀计划暂时延后，待她完成一切的心愿，便又付诸了行动。但我的感受是，因为毕竟我们不是三毛本人，也没有确切地走进和了解她真实的生活，所以最好不要这样轻易去揣测她的一生和她最后的选择。因为我们谁也不能保证自己一定不会变成曾经自己最轻视的那类人，我认为——对与自己有差异的人，最好要怀抱一种理解的心态，哪怕只是试图理解。

游历过墨西哥之后，三毛先后辗转洪都拉斯、哥斯达黎加、哥伦比亚、厄瓜多尔、巴西等国，沿途记载所见所闻、整理成文章，并按照时间顺序发表在《联合报》。因为刊载反映巨大，出版社将这些游记整理成集出版发行，名字起得有诗意又贴合语境——《万水千山走遍》。

在厄瓜多尔，三毛纵情释放心之灵魂，这里的安第斯山脉居住着很多纯种的印第安人。根据当地居民的样貌和生活习惯，三毛绞尽脑汁，饶有兴致地创作了第关于印第安加那基姑娘的故事：

娃哈姑娘是一个可怜的孤女，与她的祖父相依为命。祖父死后，娃哈嫁给一名英俊的猎人。几个月后，她怀了第一个孩子。猎人很爱他的妻子，为了给妻子补充能量和营养，每天去到心湖里捞鱼给她吃。鱼是当地民族的守护神。娃哈吃了鱼神，不幸难产而死。

神在三毛的心里，终究是神圣不可侵犯的。所以即便是可爱的娃哈姑娘，也必须要为侵犯了神的旨意而付出生命的代价。

因为喜欢印第安人和村落里安静无邪的生活，三毛任性地决定要在这里住上一段时间。这场偶然降临的缘分，令她对此番南美之行很是满足。她走在村落的小路上，微笑着同过往的妇女聊天。一位土著妇女看她斯文可爱，便邀请她到家中做客，三毛欣然应允。晚上，享用过妇女制作的当地的美食——玉米饼，她们就一起睡在由玉米叶堆积成的床上。

那晚，梦境香甜。如果事情一直这样顺利，三毛大概会拥有一场完美的旅行。可惜，因为水土不服，她突然罹患了一种被当地人称之为“索诺奇”的高原症。

这大概也是人之常情。一个人去到与故乡完全不同风情的地方生活，难免遭遇当地环境的挑战。记得香港明星张国荣在阿根廷的布宜诺斯艾利斯拍摄电影期间，也曾因水土不服导致严重的腹泻。

想来，三毛认定自己前世是印第安人是不对的，不然她怎么会受到这样的排斥。病痛令三毛心情不佳，她提笔写道：“头痛得几乎要炸开来，随着砰砰狂击的心脏，额上的血管也快炸开了似的在狂跳”。因为这场疾病，三毛不得不提前终止自己在当地的旅行，待病情稍有好转，便跟米夏汇合，乘坐飞机离开了厄瓜多尔。

从墨西哥到洪都拉斯，三毛的旅行经

外出旅行也有了些年头，想必三毛多少有些旅行经验，她把这些经验整理成文字，大方分享："虽然行万里路、读万卷书的时代已经过去了，但仍是有备而来的。我的习惯是先看资料，再来体验印证个人的旅行。"

所以，这次前往中南美洲，三毛也随身携带了大量的旅游指南——这些资料可以帮她迅速熟悉每座城市的周边，帮助她很快地预订到方便又便宜的旅店。

在墨西哥，三毛下榻的旅馆位于市中心的林荫大道，是一幢老式的西班牙殖民式建筑，白墙黑窗，朴素无华，鉴于内部环境整洁，收费合理，三毛欣然入住。

和以往的旅行不同，这次三毛的身边多出一个米夏。米夏不太擅长西班牙语，所以出门必须依靠三毛照顾。尽管如此，三毛依然偏爱独行，不太要紧的时候，她会跟米夏"申请"，一个人绕着城市街道到处走走。

1981年的墨西哥城，人口只有一千七百万，但在当时已经算作人口规模不小，而到了2014年，官方的数据显示墨西哥已经有了一亿两千三百八十万人口，可见墨西哥城市的人口增长也是极其迅速的。

走在异国他乡的三毛，总是那样充满活力。不知道那是否得益于作家的天性，她很喜欢观察周围墨西哥人的姿态，并把直观感受整理成文字：

“而今的墨西哥人，仍然有着那样的脸庞，扁脸、浓眉、大眼宽鼻、厚唇，不算太清洁，衣着鲜艳如彩虹，表情木然而本分”。虽然这种装扮实属常见，丝毫没有稀奇之处，但三毛却有一双善于发现的眼睛，“虽看见的大半都是些贫穷的人，而我，却叫这种不同的亦不算太文明装扮的男女老幼为‘艺术之美’，想起来是多么大的讽刺”。

正如常人难懂艺术大师的画作，三毛对外界的审美也极具艺术品格。对于那些穷困贫民的无奈装束，她丝毫不认为是种难堪，反而以为是艺术。但她自己心知肚明——如果现实的条件允许，他们决然不会让自己穿成那样，说不定会精心打扮一番，让自己光鲜亮丽。和任何一位外地人一样，三毛也游览了当地最为著名的日、月神庙，虽然很多时候人们知道——这些所谓的标志性建筑充其量只是一个符号，不一定会有自己心中的风景。但是，对于初次进入的游客，因为注定没有太多的时间接近，留在当地生活，慢慢去了解，所以也只能跟着地理杂志上的介绍游走。三毛说："那是一座古城，所谓的日神月神也只是后人给它们加上去的名称。外在的形式，像极了埃及的金字塔，只是没有里面的通道，亦没有帝王的陵墓。"

作为一个初来乍到的游客，三毛好奇心很强，为了搞清楚这些人类的文明，她特意煞费苦心地熬夜翻看资料，只是最终依然没得到自己想要的收获，为此，她遗憾地说："那日的参观没有什么心得。"

旅游的景点没什么值得大写特写的，倒是街边的小吃令人为之振奋，"这是第一次在街头看见路边的小摊子上在烘手掌大的玉米汉饼，我非常喜欢，知道那是墨西哥人的主食'搭哥'，急于尝尝它们"。

很多时候就是这样，也许面对从未品尝过的东西，你之所以会花钱买它，并不单一只是想知道它的味道，更多的是想要了解它的制作过程。三毛爽快地为"搭哥"买单，看起来她似乎很喜欢这个食物的名字。原本以为这种东西的制作过程没什么不同，却没有想到，卖饼的妇人会在三毛的掌心拍一张饼，随后在饼上放了些东西，卷起来就示意三毛可以吃了。三毛愣愣地握着那张饼，生怕自己一不小心把里面的酱抖落。

像孩子拆自己的生日礼物，她小心翼翼地张嘴朝饼上咬下一大口，味道竟出奇地鲜美。

走完了城镇，在三毛的提议下，他们开始朝小村落进发。小村落果然还是有些羞答答，一路走来街道越来越窄，房屋也矮小起来。远离了大城市的喧嚣，三毛再次觅得一方清净。只可惜她尚未察觉，一场“大灾难”就要来了。原来，小村落不及大城镇的物资丰富，附近可以花钱买到的吃食寥寥无几。这可害苦了三毛和米夏，为了填饱肚子她们迫不得已吃了几十个“搭哥”，直到这种鲜美的食物在嘴里的味道变成像吞了黄水抹布一样恶心。至此，两人对“搭哥”这种食物可算是永远都会记忆犹新了。

当然，三毛此次来村落并不单纯只为欣赏风景，她还有一份私心——在城内的游客区，三毛逛街时看中了一款“大氅”，这种东西美丽但不便宜，西班牙文叫作“蹦裘”。

三毛很喜欢追求时髦的东西，虽然她的着装在现代人看来有些复古，但在当时却是引领着潮流。在台湾老家，她曾有过两件这样的服饰，后来因为朋友喜欢就送了人。没想到此次千里之行竟有缘遇上，她打心眼里想要买下。好生好语地跟小贩讨价还价，无奈对方就是不肯让步。眼瞅着如意算盘打了水漂，三毛心里一百个不情愿，可是有什么办法呢，连这次出门旅行的费用都是靠别人资助的呢。于是，她只好恋恋不舍地把衣服放下，去附近的村落找找有没有划算的。

她把这种心情写进文章，“坐公路车颠几百里去买衣服也只有最笨的人——而且是女人会做的事情，不巧我就有这份决心和明白”。

辗转几个小时后，三毛来到一个地图上也都寻不到的地方。绕着村落走上一圈，这里除了脏乱差，实在也没有别的。三毛心想：这可真不愧是一个连地图都遗忘的地方。当然，她也没能找到那件中意的衣裳。在墨西哥停留数日，名胜古迹游览得差不多了。最后一天，她走进教堂，把最后的时光留给这里的神父。

第二站是洪都拉斯，这个地方带给三毛的第一印象就充满了迷幻色彩，“洪都拉斯首都的夜，是浓得化不开的一个梦境，梦里幽幽暗暗、走不出花花绿绿却又不鲜明的窄巷，伸手向人讨钱苦孩子的脸和脚步，哀哀不放”。

走在街道上，她很敏感地捕捉到一样让自己很有感觉的东西——路上随处可见的大巴士，那是一种漆成纯白色加红杠的大巴士。它有一个满载童真的名字——青鸟。三毛觉得，这一定是一种能够带领人们寻找到幸福的鸟儿——所以这些车也会载着人们驶向幸福。

遇见青鸟或许是个不错的开始，三毛接下来的旅行总是出乎意料地美好，在小城一家杂货店的后院，她发现了另外一个宝贝，“极阴暗的一个食堂。没有选菜的，老妇给了煮烂的红豆，两块硬硬的肉，外加一杯当地土产的黑咖啡，便收六块连比拉，那合三块美金。”起初三毛还以为她们上当了，后来看到一位警察点了同样一份餐并且支付同样的价格，这才放心。或许是多年的自费旅行已使她养成勤俭节约的习惯，纵然这次旅行有公费支持，她也宁愿多操这份心，尽量节俭。

洪都拉斯的美景给三毛留下深刻的印象，“洪都拉斯的确是景色如画，松林、河流，大山，深蓝的天空，成群的绿草牛羊，实在是一幅幅大气魄的风景”。他们的倒数第二站来到一片神的遗址，风格类似“哥庞废墟”。

在一个刚刚落完微雨的清晨，空气潮湿稍有寒冷，三毛坐在废墟的制高点，托着下巴观察这块神奇的地方，远处的风渗透入她的骨髓，发出长远而疯狂的嘶吼。那个瞬间，她仿佛感觉到“千古不灭的灵魂，在我专注的呼唤复活再生”。

山区太冷，三毛只好暂时打消洗个热水澡的念头。

在洪都拉斯的最后一天，三毛与米夏终于来到工业城。从墨西哥到洪都拉斯，或许每个西方小镇都大同小异，但对于三毛来说，却是一场精神的重度旅行。她看的就是这些城镇的建筑风格，想要了解的就是当地普通民众的日常生活。或许，能暂时远离台湾，跑到与出生地经纬度完全不同的地方游览，本身就是一件特别吸引人的事。

在洪都拉斯闻名遐迩的广场，三毛以静坐吹口琴的方式，完美地为自己此趟洪都拉斯之行画下句点。这把口琴是她从印第安人的山谷里买得，如今却被中国人三毛吹响在洪都拉斯的上空……最巧妙的是，一辆青鸟巴士缓缓地从她眼前经过，配合那悠扬婉转又有节奏的琴声，一点点消失在落日的余晖中。

哥斯达黎加的猜想

在哥斯达黎加，三毛常常幻想自己和米夏分别是堂吉诃德和他的随行者桑丘。直到一个半月的旅行结束，她才恍然大悟：原来自己不是唐吉坷德，“桑丘”才是，原因是米夏语言不通，一路上都是三毛在为她提供服务。

在前两站，三毛虽玩得不算尽兴，时间与旅费却花费了不少。因为要把旅行的文字写成书籍，她深知任务的艰巨，于是总对自己说：“写稿吧！写稿吧！否则，旅行终了时，功课便要堆积如山了！”

来到哥斯达黎加，三毛的第一印象是：“哥斯达黎加号称中美洲的瑞士，首都圣荷西的城中心虽然不能算繁华，可是市场物资丰富，街道比起洪都拉斯亦有另一番水准，便是街上走的人吧，气质便又不同了。”

三毛把这一站当作“休息站”，去了距离圣荷西不远的一座小城和一座火山，沿途很遇到的一幢幢美丽清洁的独家小院使她感到格外惊喜，并意外地找到了在洪都拉斯错过的“青鸟”巴士。

至于它的首都圣荷西，三毛则说：“圣荷西是一个不满三十万人口的首都，满街中国餐厅，几步便是一个。”

在这里的某家中国饭店，三毛偶然结识了来自中国的翁先生。“海内存知己，天涯若比邻”在异国他乡建立起的友谊，似乎更显弥足珍贵。当晚，为表示欢迎，翁先生特意请三毛吃了一道“清蒸鱼”，席间，两人欢畅地交流，饭毕，彼此已经对对方有了不少新的认识。

虽然只是华人同胞的一餐饭，却给三毛带来很深刻的感受，她认为：“这份同胞的感情，没有法子回报。也只有中国人对中国人，不会肯在食物上委屈对方，毕竟我们是一个美食文化的民族。”因为这份感动，三毛对圣荷西充满好感。

接下来，三毛去了巴拿马和哥伦比亚。

三毛写地方游记，写自己的主观感受较多一些，提到这座城市的历史文化、文明发展相对较少。为此，三毛自己也说她的这些文字多是自己的直观感受，并不能够作为别人考评一座城市的详细参考。或许，她是害怕别人会拿她的文字作为对一座城市的标准进行参考吧。

几个地方游览下来，三毛总结她的中南美洲之行是：“好似永远也逃不掉大教堂、美国烤鸡、意大利馅饼和中国饭店。”我想，每个人对地方风情的喜好各异，走到、看到的景观也就截然不同。三毛一路走来只看到了这些地方，有可能是这些果真是她的心头所爱。她喜欢游览异国，但骨子里最爱的还是中国食物；她信奉神学，对教堂有一种特殊的迷恋情结；至于美国烤鸡和意大利馅饼，我想在异国他乡总要有那么两样征服其胃口的食物！

三毛喜欢神学到何种程度呢？她在《万水千山走遍》一书中透露：她曾给一位名叫邓念慈的神父写信，目的是想神父能够聆听自己此行遭遇的一场不妙并给出正确指引，“我们都是有信仰的人，对于这个美丽的世界和生命，除了感恩之外，必然将天主的爱也分布到人间。您，早已做到了这一点，而我，却在这份功课上慢慢学习。爱，是没有国籍也没有肤色之分的，这份能力来自上天，失了它，我们活着又有什么其他的意义呢！”

到达秘鲁时，这座城市正在下雨。因为雨季，各个旅店客源爆满，三毛和米夏走了好久才找到一个小旅店歇脚。不知是否因为一路舟车劳顿，三毛过于劳累，刚安排好住宿，三毛的高原症状便又犯了。可想而知，接下来的旅途，简直就是一场她与疾病的血泪斗争史。

人在旅行中，是最忌讳生病的。异国他乡，无人照料，身体一旦不好，心情也会跟着崩溃，严重时甚至会起思乡的情结。但好在米夏一直都很照顾三毛，除了语言不通，这个帮手倒真的为三毛拍下许多美丽、具有纪念意义的照片，这一次，更是送上无微不至的关照，让三毛减少不少压力。

秘鲁是三毛中南美洲之行的最后一站，因为疾病的到来，这场旅行的收鞘似乎并不完美，再加上当时这座城市整天飘雨，导致病床上的三毛更难出行，她对秘鲁的印象，就变成了“始终是阴沉的天空，以及或滂沱或淅沥的雨水”。

似乎注定要没什么收获。倒是米夏写了一篇《飞越纳斯加之线》，内容比较引人侧目。的确，在三毛的文字里，虽多次出现米夏的名字，却很少写到两人一路相伴的经历。

幸运的是，在米夏的这篇文章，我们还能找到一些有趣的记载：

“飞越纳斯加之线，米夏小型飞机终于从崎岖不平的碎石跑道上起飞了，飞进沙漠的天空，早晨的空气清凉又干爽。我心里在想：‘又要飞了。’又飞了，不过，这一趟空中之旅就是不一样。自从三毛和我去年离开台湾，我们曾经飞过千山万水，飞越过成千上万各有悲欢离合的芸芸众生。”

三毛之所以没将这段有趣的经历写进书里，只是因为她根本就没参加“飞越纳斯加之线”的行程。因为疾病，她的身体状况日渐堪忧，只好做出妥协。

米夏独自一人搭乘飞机，行驶在纳斯加这座绿洲小城的上空。她知道这是三毛的心愿，坐在飞机上时，耳边还回响着上次两人同乘飞机时，三毛对她分享的旅行秘密。米夏对三毛印象极好，“她的西班牙语和德语都说得非常好，她的聪明活泼会透过语言发散出来，让人如沐春风。任何人如果跟三毛聊过五分钟，一定会念念不忘。她讲话就像玫瑰在吐露芬芳。在这趟单独飞行之前，我体会不出如果没有我的老板娘，这趟南美之行就不会如此圆满。”

载着三毛的心愿，飞机飞越沙漠，眼下是一片不毛之地。米夏形容，“那有一种寂静的美。”跟随驾驶员的指示，米夏很熟练地用相机捕捉下需要的风景——不仅是献给自己，更是给此刻正在秘鲁一家旅馆静养的旅行伙伴三毛。“这条地带的边缘很平、很直，好像是用建筑师的直尺画出来似的。在界线以内的表面地区，没有任何石头，而且很平滑，与周围崎岖及多石块的沙漠恰成对比。一个甚至没有文字的农业文化，怎么会有这种技术造出这么庞大、这么精确的地界标呢？”

米夏这才看清楚，他们飞越的是一个布满几何图形的沙漠，至于它从何而来，这是纳斯加之谜的一部分。随着驾驶员的介绍，米夏很精准地捕捉每一张画面，飞机继续飞行，“我们飞越过鸟、鱼、蛇、鲸鱼、蜘蛛、狗，甚至还有一棵树的图案。”

最后，飞机在这个谜之上空盘旋几圈后，飞回纳斯加。来过一趟，奥秘仍未解开，但看过许多人一生都不曾听闻的传奇，也不失为是一种光荣。

这篇文章，三毛看过以后，很严格地纠正出米夏的错误说法并且做出特别说明：“其实在赴纳斯加之线以前，已在秘鲁全境做了近六十小时的长途公车之旅，因此，力不继，未能到空中去。不是晕车五百千米，是晕车近六十小时不退。”

我想，如果不是疼痛难忍，如此热爱旅行、热衷探秘的三毛，断然不会轻易就放弃这次难得的纳斯加之线穿越之旅。

1982年5月，历时半年，三毛结束了这次神奇的南美洲旅行。

中南美洲留下了作家三毛的一串串足迹，而我们则收获了她此行整理出版的游记合集——《万水千山走遍》。三毛爱极了美丽的中南美洲，正如她在《银湖之滨》里所写的，“望着那片牛羊成群的草原和高高的天空，总使我觉得自己实在是死去了，才落进这个地方来的”。

——中南美洲留给三毛的印象，大概就像天堂一样吧！

体验人生，华冈农夫

中南美洲旅行结束后，三毛并未获得片刻的轻松。1982年5月7日这天，在《联合报》副刊主编痖弦的安排下，她在台北中山纪念馆举行了专题演讲会。

演讲当天，年轻的学子们像奔赴一场精神的盛会，斗志昂扬地从台湾的四面八方纷至沓来，参加人数远远超出主办单位的估量，数以万计的人将纪念馆围了个水泄不通。慌乱之中，三毛本人意外被阻拦在门外，多亏工作人员的协调和帮助，最终得以顺利进入会场。

此番演讲的内容，是三毛刚刚结束的、中南美洲之行。望着台下一张张鲜活青春的面孔，三毛虽身体乏累却精神抖擞，加上她是喜欢这场旅行的，见过不少外来风情，此行收获颇丰。当她以温柔的声线开启第一声演讲时，台下已然热情如火，青年们一阵阵热烈的掌声，让三毛忍不住要发挥出自己最大的潜能，为大家贡献出一场最精彩的旅行演讲。

那些精致的西式建筑，辽阔的山河，通过她出色的想象和优秀的语言表达能力，丰富地传递到台下每位青年人的耳朵中。待讲到厄瓜多尔时，她甚至穿上提前准备好的印第安人的服装，手舞足蹈地帮助大家去想象和理解。

因为专业摄影师米夏，她在演讲中还向大家清晰地展示了关于这些风景非常多、非常美妙的多媒体幻灯片。

这场旅行，因为有公费赞助，有摄影师米夏的陪伴，为三毛留下了极其深刻的印象。它是一次真正有计划、有目的的旅行，虽因为一些盛大的仪式少了些神秘，却让三毛收获满心的感动。

这是三毛旅行史上时间最长的一次国际旅行，那以后，她再没有过这样完美的出游经历。

有名气的人不怕没事做。成名以后的三毛，不只是陈家的女儿三毛，更是台湾文艺界的三毛。得知三毛回到台湾的消息，其母校文化学院校长张其昀先生立即向她发出邀请，正式聘请她做文化院的一名老师。或许是为了报答当年张校长的知遇之恩，这一次三毛很快答应了校长的请求。是的，她这已经不是第一次接到张校长的邀约了，之前多次拒绝，只是因为她更喜欢自由，担心自己不习惯被一些世俗规定所束缚。但她最后还是接受了，或许是面对校长的多次请求，她已有些于心不忍。

台湾曾是三毛一直在逃避的地方：念大学时，因为初恋的夭折，她被迫离开了这个伤心之地；遇到荷西后，和他组建家庭，把家安置在距离家乡千里之外的荒漠，一年都不回来一次；荷西死后，沙漠与岛屿皆成伤心过往，她在台湾居住一段时间又因受生命之累，再一次将自己放逐远方。躲躲闪闪，遮遮掩掩，似乎台湾——这个她生根发芽的地方，从未给过她真正的慰藉。结束中南美洲之行后，或许她终于不想再逃避，或许一路上太过劳累，故乡已成为她唯一的选择。她说："我常常想，命运的悲剧，不如说是个性的悲剧。"我想三毛是懂得了，正是她的与众不同的个性，导致她的生活是今天这般模样。

眼下并无其他打算，暂时应该也没有旅行计划，看来接受校长的邀约是最稳妥的做法，至少她可以借此打发无聊的时光。

对此，别人以为三毛是去文学院做老师了，可三毛自己却说："我只是做了一个种树的农夫，两百棵幼苗交在我的手里，我不敢离开他们。"在三毛眼中，"教学，是一件有耕耘、有收获、又有大快乐的事情。"为此，她多次把教师比作农夫。

听说三毛要来任教，上课的第一天，躁动的学生们几乎就将教室的门挤破。写散文一向是三毛最擅长的，虽说她的小说不及她的散文有名，可对于自小就"学富五车"的三毛来说，小说也算她的写作类型之一。三毛很擅长讲故事，有父亲陈嗣庆为证："她的确可以去说书。"但她并不是讲起来就滔滔不绝，而是很会估算时间，每次都会根据时间掌握故事进度，总能刚好赶在下课铃声响起之前，干脆利落地把故事结束。

"爱屋及乌"，三毛因为很喜欢《红楼梦》，专门开设《红楼梦》课，以希望这部中国古典名著能为学生们带去更多、更深刻的文学领悟。三毛讲红楼可谓全神贯注，拼尽全力，她的卖力“表演”为学生们留下深刻的印象，一位学生还曾回忆当时的情形，“讲到宝玉的灵、肉的时候，她和我们谈到‘性’。她要我们分清楚的是淫、欲、情，多少观念，多少作为，在处世当中一直不断地被所谓的标准框住，可怜的人云亦云，甚至连一个完整的自我人格亦无法以自己的思考、方式去成就”。

三毛如此真诚，世人将她供奉在名作家的神坛上，而她却选择走下神坛，把自己在写作中领悟到的一切，甘之如饴地全部奉献给她的幼苗。

人说“教学相长”，三毛在这段时间从学生们身上收获不小：“差不多四小时课，总要看十五本书，不能说是消遣了，起码要去找，但也不一定用。也许那堂课已经准备了很多东西，可是当时和学生的默契不是那样，可能我白读了七天书就丢掉了。”

除了这些，三毛课下批改作业也很用功，一个具备说服力的例子是：一位学生作业写了二千四百多字，三毛给的批注竟然多达二千三百字。

很多学生喜欢听她的课，这导致她的代课任务要比一般老师更为艰巨——原本她只需负责一百余位学生，可最后竟多达两百个。三毛只有一个人，无法面面俱到，而又她事事躬亲，恨不能把每个学生都带好，积劳成疾，三毛终于病倒。1984年初，因为身体抱恙，三毛无奈之下只好暂时放下工作，去到美国短期疗养。同年，因为身体状况丝毫不见好转，她只好同校长辞去教师的职务，中止了对两百多棵小树苗的栽培。

虽然担任华冈农夫的时间不长，但这段生活却使三毛领悟到生而为人，则必须承担的那份高贵的责任；同时，因为她的辛劳付出，三毛收获了一帮真心喜爱她的学生，并同其中几个建立起深厚的师生情谊。学生们喜欢三毛，不仅是因为她是当下炙手可热的台湾女作家，更因为她对待教学工作的那份认真与执着，对待学生时的客观与负责，因为她不管做什么，丝毫没有一点“偶像”包袱的高贵品格。

每次跟学生们交流，她也总是掏心窝地说话，始终待人真诚，平易近人，给人感觉“你看人家那么牛，可是一点没有把自己当回事儿”。

想来感觉真是有趣——小时候的三毛可是一点都不喜欢上课，可现在她却阴差阳错地站在三尺讲台上，为学生们输送自己的一份能量。三毛的成功，是一场自我的救赎。

按照她所理解的，她的命运在她的性格牵引下，并没有全然一败涂地，而是收获了别人有可能一辈子也无法达成的美好。那些文艺界的光环与荣誉，哪怕她丝毫不在意，却实实在在属于她，任谁也无法夺走。

走下神坛的人还能为大家广泛地接受和喜欢，这无疑也是种莫大的能力：三毛是用一种真实的优秀，优秀的真实，俘虏了万千读者的心，这样的她，才是真的值得敬畏。

“人生如果长度不够，就要学会去拓宽它的宽度”，在人生最后的几年，三毛过着一种无怨无悔而又饱满充实的人生。

第六卷

滚滚红尘

随着时间的流逝，那些生命中注定要遇见的风景，结识的人，终将一一登场。忘了是谁说过，一个人能看的风景总是有限，身边的位置总是有限，来了那个，注定失去这个……

再见，山高路远的人生（人生最后一次的山高路远）

随着时间的流逝，那些生命中注定要遇见的风景，结识的人，终将一一登场。忘了是谁说过，一个人能看的风景总是有限，身边的位置总是有限，来了那个，注定失去这个……

人生种种，皆在万般细密的感悟与认知中：人若有心，自然懂得；人若无心，多说也只是浪费口舌。

人与每件事物、每个人从接触、认识开始，相处的时间自动进入倒计时，就像倒立的金字塔沙漏，每一分、每一秒，缘分都在悄然流逝……1984年夏，三毛做完手术，身体仍未康复，辞掉教师工作后，开始了一段整日与文学创作为伍的生活。她有她自己的一套写作模式，从不制定任何写作计划，有心情、有想法才会执笔，为保证能够全身心进入创作，谢绝一切外在来往。电话、报纸，一概不碰。

与她朝夕相伴的父亲形容，三毛写作时非常投入，可以几天不睡觉不讲话，甚至“六亲不认”。三毛的小弟说，他记得三毛一旦进入写作状态就是废寝忘食，冰箱完全空了竟然连生的香肠也咬过两三口。但这都不是最厉害的，最骇人听闻的一次，三毛坐在地上连写了七天七夜，写完最后一个标点便立即倒下，对家人说："送医院。"

除此以外，她还常常忘记时间，不晓得今朝是哪年哪月。可能是想要更投入一些，后期竟不跟父母商量，执意搬往位于民生东路的小公寓独居去了。

母亲深谙女儿的秉性，在家尚且有她能照顾，倘若真让三毛独自生活，恐怕不出几天就要饿死家中。为了放心，她每天都拎着盛满新鲜饭菜的果篮亲自送饭上门，可见为人父母的一片苦心。

有付出就有回报，凭借这样一股卖命的努力，三毛几乎每年出版一部高质量的书籍：

1983年，《送你一匹马》；1985年，《倾城》，并着手翻译十二万字的《刹那时光》。

三毛疯了一样的写作，取得著作等身的成绩，也使身体更加消瘦、脆弱。原本她就羸弱不堪，此时更加摇摇欲坠。或许是考虑到该给自己一个缓冲期，三毛再次拾捡起她最心爱的旅行。

1986年年初，三毛放下手中的笔，背起行囊出发远方。或许她不知道，这将是她最后一次对梦想的实践与抵达。

鉴于身体尚未复原，三毛此行的第一站安排的是美国华盛顿区西雅图市的郊外，看到西雅图你会想到什么呢，是汤唯与吴秀波相识相恋的爱情故事吗？关于这个城市我听过最美的传说就是“西雅图夜未眠”，街道的霓虹，璀璨的建筑以及走在世界前沿的文化和生活方式，一切的一切都使这座城市变得更加浪漫，充满梦幻色彩。但三毛休养的地方是在郊外，比起市内，想必那里更多了一份宁静。

虽然是休病，但三毛并没真的让自己变成一副纸人。像往常一样，她喜欢去各个地方的学校走一走，看一看，顺便在当地一所学校报了英文专业研读。其实她的英文水平已经很棒了。

想起来真是件神奇的事情：儿时的三毛不喜欢甚至是讨厌学堂，长大以后却常常走进那里，学习之余还主动和同学们交流思想——也许，是在文哲学院的一段经历给了她心灵上的冲击，令她改变。

既然主要目的并非学习，三毛对自己也就不那么严苛，因为她是一匹野马，约束太多会令她徒增叛逆。想起那段苦学德文的日子，三毛受尽了煎熬，最终不堪学业的重担，选择逃离。我并不想说三毛面对难题总做逃兵，事实上能够按照自己的意愿选择并承担生活，已经是一件相当了不起的事。

我相信每个人都热爱自由，可不一定能有人如三毛这样，付出生命的代价一生去追寻。

在学校的日子，三毛稍感轻松，她或许就是那种只有离开家乡，才能在心灵上获得解脱的人。为了让自己彻底放松，三毛甚至同老师协商不参加考试，得到批准之后，竟开心得手舞足蹈。

轻松的日子总是流逝得最快。转眼，半年的校园生涯结束了。三毛的身体恢复得差不多，便启程回台湾去了。

接着，新一轮的旅行开始了。就好像我在北京奋斗一年，过年过节期间回家修养一段时间，接着又回来奋战一般，三毛每一次回家，想必也有为自己加油打气的劲头——不管游子们走到哪，家人总是我们最大的支撑与牵绊。

同年7月，三毛回台不过一月有余，便再次启程出发，这一次她登上飞往大加纳利岛的飞机。

此行有个目的，要将与荷西共置的这套两层小楼卖掉，拿回钱供养她在台北花高价购下的一套楼房。那是一座同样散发着木头清香的房间，三毛形容“是一幢森林里的小木屋。窗外都是杉木。你呼吸，窗外全是木头香味”。

想了许久，流浪的旅人终于还是决定回归故里。

要卖掉房子是不易的，想到这里曾盛有她与荷西最美好的一段人生，三毛自己进行了一番激烈的思想斗争。主意拿定，她才登上飞往这座岛屿的客机。或许，是时候做个了断了。卖掉房子，而把一切美好的回忆装在心底。

其实，从她为自己购置房屋的做法来看，我认为她对生命还是很留恋的，至少在1986年，房子虽不是一个人生活在这个世界的必需品，却代表着人对新生活的向往。三毛之所以会买房子，一定是想能够舒舒服服、完完全全地拥有一个家。

几年没住，她的房子还是很美的。木质的家具，蓝色的外壳。她把售房的消息发布出去，很快就有感兴趣的人上门问询。

谈好了价格，她留给自己一天时间用来回忆和收拾。那些荷西亲手制作的特别有纪念意义的宝贝，当然要不遗余力地带回台湾，放置在新购入的房间里；那些她从沙漠淘宝一样得来的东西，自然也要跟她一起回国。剩下的一些，她大部分送给做了很久时间的邻居们，到了这个互相要说再见的时候尤其不能吝啬。

一个卷头发的小女孩得到三毛亲手制作的木头标本，开心地在地上跳着；一个同三毛一样年纪、皮肤黝黑的女人得到三毛曾很珍视的一套厨房用具，连忙冲着三毛不断点头并投去感激的目光。

荷西生前的密友——卡美洛兄弟，则得到了他们夫妻最珍贵的宝藏，那是荷西生前的心爱之物，一些航海用具：铜船灯、罗盘、沙漠玫瑰石和潜水雕塑等。

看着自己曾珍爱的这些物品，也能给别人带来欢乐，三毛虽有不舍，却也是开心大过悲伤。

她或许想，能把这些留在这个生活了两三年的岛屿，总是一种幸运。

不知你感受到没有，清理旧物能使人轻松。那些用不着的、过时的东西，就该及时退出你的生命，毕竟时光不等人，不管遇到什么，每个人都必须乘上时间的翅膀，奔赴下一站的旅程。

及至傍晚，原本物品堆积一片，拥挤的房屋变得清爽干净。夕阳的余晖透过小小的窗子洒落进来，映照出晕黄的温馨的色彩。三毛一个人安静地环视周围，轻轻地同它的这位老朋友说了声再见。

从此，山高路远，热衷流浪的三毛再也没回来。

三毛啊三毛，祖国大陆的女儿

三毛出生在重庆，她是重庆的女儿，更是祖国大陆的女儿。这么多年，由于一些政治原因，三毛未能回到祖国大陆。当听父亲讲起自己童年的经历，想起那个一江之隔的大陆，三毛的内心深处燃起一股寻根的冲动。重庆，那个她出生的山城究竟长什么样子呢；南京，那个她度过无忧童年的城市究竟有怎样的风景……三毛等不及想去看看了。

随着1987年，台湾当局宣布，准许台湾部分居民回祖国大陆探亲的消息发布，三毛的这个心愿得以实现。

接到消息，三毛立即从楼上飞奔到楼下，跑到街上随便抓到一个人就冲对方大喊：“我们可以回祖国大陆了。”

可以回归是件好事，可以回去意味着还有再见的缘分。1949年，六岁的三毛跟随父母离开重庆，越走越远，时间一晃就是三十八年，而他们再也没有回去过。

1988年，三毛所等的契机终于来到。一位父亲的老同事从南京写来信件，他一定也得知了台湾同胞被允许回大陆探亲的消息，信中除了向老朋友问好，也有意询问陈嗣庆是否愿回大陆一趟。三毛拆开信件，仿佛见到一位许久未见的老友，她不无兴奋地喃喃自语着："我要回去，我要回去。"随后，"越俎代庖"替父亲写好回信，表明自己将代表父亲前往祖国大陆，探望家乡父老的意愿。1989年4月，三毛乘客机飞抵故乡浙江舟山，并于二十号从宁波乘船前往舟山群岛的定海。轮渡行驶在一片苍茫的大海中，三毛兴奋地站在甲板，在经过船长的同意后，以拉动汽笛的方式迎接自己的回归，汽笛长鸣，呜呜的声音触动着三毛心底最后一层相思的防线，她不由得热泪盈眶。

按照信中的约定，父亲的老同事倪竹喜先生会在岸上准时迎接。船刚一靠岸，三毛像撒欢的孩子朝着对面的老人家，飞快地奔跑过去，待快要靠近时，一把用力紧紧地把对方抱住，又像个孩子似的继续撒娇："竹喜叔叔，我三岁时，你抱过我，现在让我抱抱你！"

三十八年的光阴，改变了所有人的外貌和轮廓。当年只有三岁咿呀学语的女童，如今已是风霜雕刻下的中年女人，而当年正值壮年的叔叔，也变成了进入暮年的垂垂老者。但见对方气色仍好，三毛稍感宽慰。

跟随倪叔叔回家，自然免不了一顿好饭好菜。三毛吃过台湾的卤肉饭，品尝过美国的烧鸡，意大利面，此番来到浙江舟山在叔叔家用餐，才算是吃上了一餐正宗的中国饭。面对这位尊敬的长者，三毛感慨万千，席间她与叔叔痛快地喝酒畅谈，不断询问着祖国大陆的近况以及历史变迁。

稍稍休息两天，三毛带着烧拜的东西来到了祖父的坟前。对于祖父，三毛没有太多的记忆，因为他去世的时候，三毛只有三岁。但在香火燃起的一刻，一种骨血里的亲情纽带瞬间击中三毛，她悲戚地跪倒在祖父的坟前，为他老人家献上鲜花与老井中的清水，看着眼前真实的黄土与坟墓，三毛思绪万千。不知是哪里触动了她的情绪，三毛泪眼低垂，眼泪打落在面前的黄土上，她扯开嗓子悲戚地冲着坟墓喊了一声："阿爷，平平来看您了！"

有些人，哪怕再也不会相见，永远都是不可分割的一家人；有些感情，就如同天上的月亮和星辰，纵然相隔千山万水，注定相互辉映；人世间的血脉亲情，一代代繁衍，一脉相承。

这片土地埋葬着自己的先祖，又是故乡的土壤，所以三毛在临行前，特意拿出随身携带的小盒子，盛了满满一把黄土。她对这些东西有深深的执念，她说："故土是最珍贵的东西，生病了，拿它泡水喝，病就会好。"故乡是根。

我曾写过一篇文章叫《回不去的故乡》。虽然，我不像三毛，常年生活在远离大陆的台湾。可我在不是故乡的城市漂泊也有段时间了，一年当中仅有逢年过节能够回去走一趟，节过完了，便又要收拾行囊重新奔赴生活的战场。

对于心中那个带着执念的故乡，我曾因为生活的困顿、事业的挫折而时时怀想，也想拼上性命努力奋斗，有一天衣锦还乡。

我想，对每个人来说，不管走到哪里，故乡是心中唯一不可舍弃的根本。没有人不爱自己的故乡。

1990年4月，为参加由她编剧的电影《滚滚红尘》的摄制录音，三毛第二次来到了祖国大陆。重任在身，这次旅行没有做别的打算，完成任务之后即回台湾。

同年秋天，三毛再次前往祖国大陆，这一次既不祭祖，也不需要完任务，她尽情地游历了祖国的大好河山。

这也是她最后一次来到祖国大陆。

前两次，因为时间有限，三毛仅游历浙江一带和以北京为中心的部分北方地区。对于热衷旅行的她来说，雄心自然不止于此。此次出发前，三毛罗列出详细的计划，她要去广州、西安、敦煌、天山、成都、拉萨、重庆等国内知名的城市，依次游览名胜。

没有心事。没有归期。三毛豪放地为自己购买下一张单程票。一切准备妥当之后，三毛于1990年9月开启了游历祖国大陆的旅途。

在祖国的大西北，三毛被黄土高原的那股“天苍苍地茫茫，漫卷风沙不度春”的苍劲气魄所吸引，她马上联想到自己在撒哈拉沙漠的生活，没有想到，在地图的另一块版图上，在与撒哈拉远隔千里的中国，也会有如此令她销魂的荒漠景象。那一望无垠的漫天黄沙，像亲切的老朋友随风扑打在三毛的脸庞，而她一点都不觉得疼，只感到一股久违的亲切。

这片没有鲜花盛开的荒原，重新唤起三毛内心深处对于爱情的遐想，随着一阵阵风声鹤唳，三毛忍不住乘着苍劲的西北风，朝荒原的深处狂奔。美丽的景象同样激起她创作的欲望，她以一支焕发着灵魂的笔写下："在那接近零度的空气里，生命又开始了它的悸动，灵魂苏醒的滋味，接近喜极而泣，又想尖叫起来。"

是的，她用一颗赤诚的心爱着眼前的一切。苍劲有力的风拍打她的身体，野蛮而任性地撩起她胸前长长的藏红色围巾；站在天高地远的黄土高坡，一种原生的力量拉扯着她，呼唤着她，推搡着她，为她体内注入一股刚毅的坚定。

在敦煌，她虔诚地跪拜佛像，匍匐在弥勒菩萨的雕塑前，她很用心向菩萨请教："敦煌百姓在古老的传说和信仰里认为，只有住在儿率天宫里的称——'下生人间'，天下才能太平，究竟是不是这样？"万籁寂静中，三毛默默地完成了一场与菩萨的神圣对答，将沉重的心事悄然卸下。

走出洞外，她果然见到了新天新地。

在天山，三毛是故地重游，前来拜访一位名叫王洛宾的曲作家。她最喜欢他的那首《在那遥远的地方》，歌里的氛围令她向往。为了拜访自己崇敬的对象，三毛特意换上一身藏裙。两人相见的那刻，三毛透过对方的笑容，明白自己的选择是多么正确。

在四川，三毛背着简单的行囊，这里有她出生的城市，这里地大物博，幅员辽阔。那一日，她在街头巷尾悠闲地逛着，随意地走走停停，看看古老的四合院，听听乡音浓重。老太太坐在屋檐下话家常，街道上随处可见热闹的大碗茶。

台湾只有样式纤巧的高山茶，三毛走累了，看到路边的茶馆，迫不及待地走进跟老板讨上一碗盖碗茶，颇有些“我有一碗茶，足以慰风尘”的江湖味。成都是个有生活的地方，那一排排清爽的建筑，一条条石子堆积的小路，都给三毛留下极其深刻的印象，她评价说：“成都是一块与众不同的温柔之地。城市有气派、整洁。我在这里第一次吃到那么多的好菜，这里的百姓文化素质高，待人真诚，热情。我很喜欢这里。”

下一站，三毛原本想去往青藏高原，可她在中途发病不得不折回成都，由此去往出生地重庆。

黄角桠，一个令三毛一生都为之魂牵梦萦的地方。三毛曾公开承认自己是重庆人，由此说明她对这片土地的眷念。也许因为这里曾是一家人生活过的地方，三毛游历起来也更加用心，在她的努力之下，意外地找到当年父亲工作过的地方——抗战时期著名的美平大楼，她随即拍下一张照片，作为带给父亲的一重惊喜。

告别重庆，三毛又辗转在去往三峡的江轮上。当古诗词里美好的景色出现在眼前，三毛终对一切有了更深的领悟：“扁舟转山曲，未至已先惊。白浪横江起，槎牙似雪城。”“无边落木萧萧下，不尽长江滚滚来。”“孤帆远影碧空尽，唯见长江天际流”……但可惜也真正是“两岸猿声啼不住，轻舟已过万重山”，很多美好的景色还没来得及尽收眼底，三毛的船便很快顺着水流漂远。

今夕何夕，珍重再见。

与父别：三毛拜访张乐平先生

不曾知晓，人对自己的心上之物，是否都存有追本溯源的文艺情结：好比你喜欢一张画，自然想弄清楚它的缘起；喜欢一个人，总情不自禁想去关注他，从而获得更多的了解。

追本溯源，这种精神在三毛身上有深刻的体现。儿时看到的第一本漫画书《三毛流浪记》，给三毛的一生奠定重要的影响，故事里的主人公三毛和这部作品的作者张乐平先生，是她一生的羁绊。

不知从何时起，她默默地下定决心：今生一定要见到这位漫画家。

1988年6月20日，三毛找到当时正供职于湖南《长沙日报》的外甥女袁志群，托她给《三毛流浪记》的作者张乐平老先生带去一封信。三言两语，三毛即表达出自己对张乐平老先生的一番仰慕：“在我的生命中，是您的书，使得我今生今世成了一心爱着小人物故事的人，谢谢您给了我一个丰富的童年。”

当时，张乐平老先生已经八十多岁，衰老使他罹患上严重的帕金森综合征，因患病他正在上海的某家医院疗养。收到三毛的这封信，他深感意外，为回馈作家三毛对作品的支持与热爱，老先生不顾病情，用颤巍巍的手亲自创作了一幅简易的三毛画像，随信寄送。

他没有想到，他的回信对于三毛来说实在很重要。童年里的东西是最富有生命力的，有时它们甚至可以支撑着一个人挺过今日的艰难。而三毛邂逅这本书是在自己最纯真无邪，对这个世界充满探索与好奇欲望的年纪，可以说，是《三毛流浪记》无形中打开了一个女童的心扉。

等到第三封信件时，三毛已经难抑一片热情，开始称呼对方为“爸爸”。她是真心尊敬张乐平老先生，为此随信寄去一张自己的照片，背面写道：“你的另一个货真价实的女儿。”对此，张乐平表示很激动，他说：“能在晚年认上这个么‘女儿’，应该是我一生中的一件快事了。我多子女，四男三女，正好排成七个音符。这一回，三毛再排上去，是个………‘1’，是我家的‘女高音’。”

1989年春天，三毛第一次回归祖国大陆，就迫不及待地去见了这位“爸爸”。因为张乐平老先生的四儿子一直都在香港工作，所以三毛此次探望，一路多亏他的安排照料。张乐平老先生的家位于上海市徐家汇区五原路，两人一下飞机便搭乘计程车朝目的地驶去。

对于这位突然闯入自己晚年生活的女儿，张乐平老先生给予厚待。虽然身体刚刚康复，可知道女儿千里迢迢从台北赶来，又是她的第一次祖国大陆之行，他早早地在家门前等候。彼时的上海，到处散落着极富生活气息的弄堂。

计程车停在既定的某个弄堂口，三毛开门下车，身子一探出来便一眼望到了正拄着拐杖等候在门口的老先生。虽是第一次见面，三毛却丝毫不认生，那么几封满怀赤诚的信件沟通下来，她早与眼前这位慈眉善目的老人达成了“忘年交”，一进弄堂就一把抱住对方，泣不成声地叫着：“爹爹，我回来了。”

张乐平旋即像个父亲似地轻轻抚摸三毛的头发，然后将她请进家中。在房间里坐定，三毛这才从随身的包里拿出要送给爸爸的礼物，那是一本她新出版的作品《我的宝贝》。作为回礼，她从爸爸那里得到一件梦寐以求的涤卡中山装。

三毛在张乐平先生家中待了五天。这位爸爸因为年事已高，身体状况令人担忧。三毛知心，为了不耽误爸爸午休，尽量选择在晚膳后同他交谈。至于白天，上海是个风景优美的城市，她有大把时间去周边逛逛走走，感知另一座城市的生命力。

生命果真有太多的不可思议，放在几年以前，三毛哪里敢想她会有一天，真的从台北走到大陆，一直走到三岁时就喜欢了的作者张乐平先生的家里呢！而且，这次“寻根”对三毛本人的意义重大，她简直就是为三岁的自己实现夙愿来的。在张家的五天，三毛重拾当年那个快乐、自信、乐观的自己，她回忆起那段岁月总是有很多感慨：“我原来一直有一点困惑，为什么一个姓陈，一个姓张，完全不相干的两个人，又隔了四十年的沧桑，竟会这样亲密地沟通和接近。现在我明白了，我和爸爸在艺术精神与人生态度、品味上有许多相似之处，所以才能相知相亲，不仅能成父女，还是朋友、知己。有这样的爸爸、这样的家庭，我感到幸福。”这段短暂相处的经历，同样给张老先生留下难以磨灭的印象，他动情地形容三毛是那样多情、乐观、倔强又富有正义感，真是像极了自己笔下的那个流浪的小战士三毛。当得知这位女儿也热衷流浪后，老先生更加会意。

这是三毛与张乐平老先生的第一次相见。1990年中秋节，三毛第三次来到祖国大陆时，她特意再次登门拜访张老先生。中秋之夜，月圆皎皎，离家的女儿又回来了，最开心的当然要属这位慈祥的爸爸。

张乐平此时仍因身体状况问题在医院住院。三毛先回到弄堂的家，然后跟妈妈（张乐平先生的夫人）一起前往医院接爸爸回家团圆。

人到暮年，不爱言语。喜欢热闹的三毛一进门就把这寂静的气氛打破了，她兴致勃勃地跟一对父母诉说自己在上海的所见所闻，以及近期的一些工作计划，并把一路购买来的好玩意展示给大家看，直逗得两位老人哈哈大笑，家中瞬间洋溢起温馨欢乐的气氛。

那个晚上，三毛很是尽兴。连一向因顾及身体而不常饮酒的张乐平老先生，也在女儿的“怂恿”下小酌了几杯花雕酒。黄浦江上的明月映照着千家万户，这一户名姓两异的特殊人家格外幸福。

因为有了这个爸爸，有了这个家庭，三毛觉得祖国大陆又靠近了自己几分。“天下没有不散的宴席”，再热情浓烈的庆祝都有过去的时候。一家人推杯换盏酒过几巡，三毛乐也乐了，欢喜在脸上明媚而骄傲地洋溢着，时钟响过，分别的时刻到了。

张乐平坚持把三毛送出门，临别前，一遍遍地叮嘱女儿：“明年再来，不要忘记。”三毛眼含热泪回应，把老父亲的话谨记心底。

然而，两个月后，她就在台北的医院里自杀身亡。与张爸爸的那个约定，变成了永远无法兑现的承诺。

心有千千结，创作《滚滚红尘》

如果不是读三毛的散文，了解三毛的生平，不会想到这样一个性格怪异的女子，会去写电影剧本；也更加不会想到，她的“第一部中文剧本”，是以张爱玲的爱情为主线，讲述了一段缠绵纠结的情爱故事。

对于张爱玲，即使不是“张迷”，相信很多读者也都不会陌生。这位才华与名气并重，小小年龄就凭借出色的文学才能冠绝上海的一代才女，为众多文学爱好者顶礼膜拜。而她与“汉奸”胡兰成的情感纠葛，曾令多少人感慨痛惜。她对一个负心且毫无责任感的男人用尽真情，爱到尽头留下一句“因为懂得，所以慈悲”，又令多少人心生唏嘘。

三毛，热爱流浪，性格敏感，放逐自己，叛逆人生，同样精彩的传奇经历，致使很多人喜欢将她们两者进行对比。三毛能以张爱玲的情感为蓝本进行创作，想来的确是一件颇有意思的事情。

故事以男女主角章能才和沈韶华的恋情为主线，讲述家世优越的沈韶华在母亲去世后，一直生活在被父亲与继母虐待的阴影中。后因某种原因，沈韶华被父亲锁在楼上，为获得人身自由，她不惜割腕自杀。而后，父亲去世，从小衣食无忧的富家女彻底沦陷，过起了陌生而黑暗的贫困生活。为了生计，她只好写作卖字，却意外收获了一段“读者变情郎”的爱情。一位名叫章能才的读者爱上了她，大胆地表达之后，两个人相识、相恋、相爱。随着交往的深入，沈韶华获悉对方的身份竟是“汉奸”。危难之时，她非但没有心生嫌隙，反而用自己写作的收入帮助情郎渡过难关。抗战结束后，章能才四处躲避，留下沈韶华独自一人承受大众的冷嘲热讽。与丈夫分别太久，她不远千里跑到南方前去寻亲，却发现丈夫早已有了别的女人。沈韶华伤心过度，愤然离去。

解放战争后，上海陷入内乱。一位朋友花重金买到两张船票，并将其中一张交给沈韶华，两人约定次日清晨一块离开。却不想，沈韶华在逃离的人群中偶遇失散已久的章能才，情急之下，她竟做出惊人之举——不惜放弃生的机会将逃生的船票塞到对方手中。最终，章能才顺利地逃离战乱中的上海。而沈韶华，随人流消失在滚滚红尘里，遍寻不见。

四十年后，章能才回到大陆寻找沈韶华。故地重游，斯人已逝，只得到一本小说《白玉兰》。影片最后的画面是：章能才独自走在茫茫大地，镜头一点点拉远，最终定格成一个小小的黑点。

除了男女主角曲折、令人不可思议的爱情，《滚滚红尘》还讲述了另一段爱情：月凤与革命男友。但两段乱世情缘，纵然爱得山崩地裂，都只能以惨烈的结局收场。月凤与男友双双死在国民党警察的枪下；沈韶华与章能才则在战乱中走散，此后四十年未曾重逢。

女主角沈韶华有着“执迷不悟”式的深情，对待负心人，直至最后都不肯放弃对他的爱情。这就像三毛身上所固有的那种奋不顾身式的执着，别忘了三毛对待爱情，也有飞蛾扑火一样的决心。

沈韶华的成长经历、家庭背景，都几乎可以“以假乱真”张爱玲，唯一不同的是，“张胡之恋”以张爱玲的突然清醒、写信告别拉下帷幕，而沈韶华一错到底，为爱情奉献出最后一点能力。

相比之下，张爱玲要理智得多。虽然，离开胡兰成导致她一生无爱，最终孤独老死在美国，却总好过为那样一个负心薄幸的男人付出一生。三毛之所以写这个剧本，或许源于她想弄清楚男女之爱可以深刻到何种地步，就沈韶华的付出来说，她绝对是无怨无悔，心甘情愿的。

两个身世传奇的女人，两个都爱极了《红楼梦》的女人，两个虽无太多交集可其中一个却以另一个为原型创作出一部电影剧本。

三毛会写这个剧本，说来亦有渊源。

自孩提时代，三毛就很喜欢电影了。在学校还曾排过话剧，大学时喜欢的男生梁光明就是戏剧系的才子。三毛在西班牙读书时也曾跟荷西一起逃课去学校附近的电影院，甚至，她庆祝自己嫁人的方式，也是同荷西一起走进当地仅有的影院，花钱看了一部《希腊左巴》。

1983年，三毛首次尝试戏剧创作，帮助一位法国导演编写了一部反映越南难民生活的电影。从这些过往的经历都能看出，三毛对电影剧本的创作怀有一定的兴趣，但实现这部剧本的创作契机，却是后来与三毛私交甚好的香港导演严浩，有三毛的话为证："没有严浩导演，就没有这个剧本的诞生。"

严浩起初偶然翻读到三毛的著作《哭泣的骆驼》，其中三毛流畅的叙事能力，巧妙的语言，生动的人物形象刻画，深深地打动了他，他当即认为这是一部可以改编成电影的好材料。于是，他马上打电话联系三毛，请她创作一部电影剧本。

可写剧本不在三毛的人生规划里，她很痛快地拒绝了导演的邀请。对方不死心，仍旧每隔一段时间打来电话问询。最厉害的一次，严浩甚至邀请到影星林青霞和秦汉一起当面请求。

那时候，林青霞已在圈内小有名气，1973年，她在台北西门町被星探发现，出演处女作《窗外》中的女主角江雁容，辅一亮相便因清秀出众的气质给观众留下深刻的印象。而在她一旁的秦汉，也已成为港台地区炙手可热的当红小生，二人与同时期的林凤娇、秦祥林并称“二秦二林”。

此次，三毛与林青霞并不是第一次相见。早在1973年，林青霞刚出道时，三毛就在香港与她有过一次偶然的邂逅。不过彼时互不相识，作为路人两人并无深交。望着眼前仍旧清秀美貌的年轻女演员，三毛的内心或许是混沌的。此时的她，对电影圈的热爱还仅来自一个欣赏者的角色。

那天，不知是否因为见到“故人”有太多欣喜，三毛意外喝到烂醉。她跌跌撞撞地回到家中，一不小心从楼上摔下来，伤势过重，住院一个月有余。然而大病初愈，此前还曾一直犹豫的三毛，竟带着一部完整的作品《滚滚红尘》主动约其他三人相聚。这是她在病床上完成的剧本——也许吧，没准三毛生病的时候感觉很无聊，就想着不正好可以写写剧本吗？于是，《滚滚红尘》诞生了。

看来，她正是那种不能被刻意逼迫的人哪。

那天，风和日丽。三毛在饭店为三人阅读自己的病榻之作，当最后一个汉字音节完美地落地，三毛抬眼时竟意外地发现严浩他们全都神情紧张地望着自己。林青霞、秦汉对这部作品喜爱得不得了，当即表示愿意接拍。听到这样的话，三毛一颗悬着的心总算放下了，天知道为了完成这个剧本她付出了多大的辛苦，那些日子她最大的感受就是“一路写来疼痛难休，脱稿后只能到祖国大陆浪漫放逐，一年半载都不能做别的事。”

同年，《滚滚红尘》进入拍摄。或许是看到自己的作品即将被搬上荧屏，三毛作为创作者激动得不得了，整天待在剧组忙东忙西，积极地投入。她甚至想出演女配角月凤，可惜导演最终还是坚持使用美女张曼玉。对此，三毛表示不服，直到她亲眼见到那一张精致到连她都要折服的漂亮脸蛋，才终于肯放弃这份错误的执念。那段时间，兴奋是有的，但更多的，还是辛苦，拍摄一部电影需要团队各个成员的精密配合，大家同是奋斗在一线的工作人员，台前幕后，谁都不能缺席。只要开工以后，收工只能等导演的指令，满打满算每天都要在片场耗费十六个小时，如此算来，留给晚上睡眠的时间就只有短短的四个小时。

作为整部电影的把控者，导演严浩有着相当值得敬畏的职业精神。三毛回忆说：“他每天都是第一个到达片场，简直就是一个不需要午休的人。”

这样拼命了几个月，终于换来电影的顺利杀青。后期制作完成后，三毛便跟着剧组一块，一天飞好几个地方出席宣传活动。那时候，倚赖她广为人知的人气，每每现身，除了一些给明星鲜花拍照留念的影迷，还有很多专门前来看她的各个年龄段的读者。而现在，三毛作为这部电影的编剧出席活动，这让更多以往的读者对作家三毛有了一种全新的认识。

三毛是工作狂。为了卖力宣传，她拖着原本就羸弱的身体，终日奔波周旋在各种大小场合的记者见面会、影片发布会。久而久之，她的身体更差了。虽然这样辛苦的付出，但电影最终的票房成绩并不特别理想，仅仅六百万港币。但业内人士却一致认定这是部罕见的佳作，令这部电影一举拿下当年台湾电影金马奖的十二项提名——众所周知，“金马奖”是台湾电影的最高殊荣，至今仍是肯定各位演职人员成绩的光荣榜。

1990年12月15日，“金马奖”评委会宣布：电影《液滚红尘》获最佳导演、剧情、女主角、女配角、摄影、音乐、美术设计和造型设计等八项大奖——荣誉榜上，并没有三毛的名字，她的内心无疑是受挫的。

林青霞曾回忆说，庆功会上，大家一起合影留念，三毛默默地说了句：“你们都得了奖”，是靠她拉着，三毛才回到队伍里同大家一起合影拍照；《滚滚红尘》的投资人徐枫也说，她在上台领奖时为三毛说了一句话，她说“如果没有最佳编剧，亦不可能有最佳的电影”，刚下台就得到三毛一个大大的拥抱，三毛几乎是哭着用颤抖的声音对她说：“你刚才在台上讲的话令我很感动，我好想哭！”

这是她的第一部中文剧本，所以她把《滚滚红尘》看得很重。这部电影因为年代久远，生于八十年代的我虽没看过，但对电影的主题曲却有相当多的好感：“起初不经意的你，和少年不经事的我，红尘中的情缘，只因那生命匆匆不语的胶着……”悠扬优美的旋律响起，任谁都会想起那个风华绝代的年代。

一直以来，三毛都是以一种“我行我素，不落人间”的高姿态活跃在人间，从不曾跌入这似乎有些俗不可耐的滚滚红尘，却在机缘巧合下，因为这样一部写尽人间情爱的电影剧本，展现出诸多的俗世情怀。原来，高姿态的文艺作家三毛，也需要掌声和鼓励，需要被观众铭记的宽慰。想必，没有一位文艺工作者，能够真正地不在乎荣誉与奖项吧。

《滚滚红尘》作为三毛的第一部电影文学剧本，虽在诸多方面存在缺陷，比如对章能才的塑造充满了过度的主观意愿，以及配角情感经历的交代尚不明显等等，却一点都不妨碍其充分体现了三毛出色的文学才能和她对电影艺术的娴熟。如果她可以继续进行创作，想必会获得更多的精彩。

选择自杀的三毛，白茫茫大地真干净

三毛会选择自杀，想来是个伪命题，她其实是个热爱生命的人。在我看来，甚至在所有她的读者看来，世上再没有能比三毛更热爱活着、热爱人生的人了。我们这些“鼠目寸光”的人，或因为家庭经济的负担，或因为对未来的迷惘与担忧，从不敢放弃眼前按部就班的生活，朝着理想的生活真正迈出一步。

我相信，不止一个人幻想去过一种流浪天涯的梦幻生活，可这样的生活，全世界也仅有三毛实现了。所以，她是大家心中的一个梦。如今她离开了尘世，这个梦便更加遥远了。

1991年1月4日，三毛在台北荣民总医院的卫生间里，用一条丝袜结束了自己的生命，享年四十八岁。她因患子宫内膜肥厚入院，自杀前已经于1月3日完成开刀手术，身体已经进入康复期，实在想不通她为何还要选择自缢。

对此，三毛的小弟陈杰也坦言：“我们家里人，包括父母亲，真的不知道，为什么好好的一个人，她在死亡那一天晚上还跟我母亲通过电话，讲得很好，为什么过了几个钟头以后人就走了呢？我们兄弟姐妹这么多年也不得解答。”

三毛突然离世，给父母造成重大的身心打击。家人努力回忆，试图寻找三毛自杀的理由，姐姐陈田心这才哽咽着想起她曾在一本书中说：“阳春白雪，青菜豆腐，我都尝一尝，当我尝过了我就走了。”包括她在这次手术之前，也曾对家人交待：“我已经拥有异常丰富的人生。”

——如今，在三毛自杀以后，这些话怎么听怎么像离别前的遗言。

然而事实却是，她没有给家人、给这个世界，留下一句话。

三毛选择死亡，不是对未来看不到任何希望，而是觉得生命有长有短，她在短暂的四十八年里，轰轰烈烈地爱过，彻彻底底地伤过过，已经做了一个人所有想做的事情，爱了一切值得珍惜的人。

她唯一对不起的，或许就是留在世上已经老去的双亲。当天，警方到达现场后，发现三毛自缢的马桶上方安有把手，如果她临时改变主意，又有了求生念头，大可扶住把手保全性命，但三毛并没有那么做，可见，三毛去意已决。

女儿的突然离去，令双亲痛彻心扉，三毛的父亲陈嗣庆恨恨地写信给女儿说：“平儿，平儿，你何苦要那白茫茫大地真干净。”

“白茫茫大地真干净”，是三毛喜欢的收鞘。在《红楼梦》的故事里，四大家族垮了，人丁散落，走的走，死的死，散的散，离的离，而三毛最心疼的贾宝玉和林黛玉，一个出家，一个病故，果真是白茫茫大地真干净。

这个结局曾令三毛震撼，在她年幼的心里种下生命的结局。

说起与父母亲的相处，三毛内心是忐忑的，我不知道你们是否也有同感，我作为父母的女儿，与三毛的心境不谋而合，那就是当我们与好久不见的母亲同坐一起，我心里首先感受到的不是温情而是一股无措。

三毛在书里交代，她每次回国，下飞机时心中往往已经如临大敌，自知即将要面临一场体力与心力的巨大考验。她说：“最怕的人，是母亲。”

一切只因为，在这个最在乎自己也是自己最在乎的人面前，一生所学的技巧无从用起，爱使一切技巧变得多余——你没法把跟社会上其他人交流的烂俗方式，用到她的身上去；你一个低头，一个蹙眉，心事就全然被对方看破，你无处可逃无处可遁，这对从小习惯了逃避的三毛来说，无异于重度灾难。

只是，在母亲的眼里，一个孩子无论长多大，羽翼无论多丰满，都是她眼中永远需要被照顾的人。三毛自己没做过母亲，或许她永远难以体会到这种复杂而又真实的情感。所以，很久不见，甚是想念，但她真的不知道该如何面对自己的母亲。

插播一段我的经历：这次回老家过春节，我不巧生病发烧，三十岁的人了，也被母亲不放心地反复唠叨，她嘴上怪我不懂得照顾自己，腿却不停地为我奔走、熬药、煮鸡蛋羹、烧冰糖梨水……她并不是对我没有信心，只是真的担心我的身体。

我想，三毛势必也如此吧！

她原本是任性的孩子，却不想在母亲的言语与温暖的目光中，清醒地读懂自己是一个太过平凡的普通人，很脆弱，并没什么特别。

回想起过去，脑海中闪现得也总是母亲细碎而生活化的循循善诱，诸如过马路要小心啊，亮红灯的时候一定要停下。可怜当日的小孩只觉得她很烦人，不懂得珍惜她的苦口婆心，而长大以后每次上街过马路，耳边都会响起母亲的这些叮咛，这才恍然大悟：这世界上最疼我的人，也只有母亲。

为了母亲这份爱，为了爱母亲，三毛学会了隐忍。要逆着自己的性格去承认和接受，甚至去做一些违背自己本意的事情是很难的。可是，为了这份爱，三毛愿意妥协。

但有时候，她也忍得很辛苦，“回想起来，每一度的决心再离开父母，是因为对父母爱的忍耐，已到了极限。我想了又想，这件家庭的悲喜剧，只有开诚布公地与父母公开谈论，请他们信任我，在人生的旅途上，不要太过于以他们的方式来保护我。这件事，双方说得坦诚，也同意万一我回国定居，可能搬出去住，保持距离，各自按照正确的方向，彼此做适度的退让和调整。这一点，父母一口答应了。而我，为了保护自己的生活方式，做了一个在别的家庭中，可能引起极大的伤心，甚而加上不幸罪名的叛逆者，幸而父母开明，彼此总算了解。”

但母亲仍然放心不下女儿，三毛搬出去住，母亲坚持给三毛送一日三餐，并且要看着她吃下去；三毛交了新男友，母亲马上要求知道对方的地址和电话，生怕他会耍赖纠缠女儿。

在父母眼里，三毛永远是个长不大的孩子，永远需要他们的保护。

三毛也说："其实，名、利、衣、食和行，在我都不看重。只有在住的环境上，稍稍奢侈。渴望一片蓝天，一个可以种花草的阳台，没有电话设备，新鲜的空气，便是安宁的余生，可是，这样的条件，在台湾，又岂容易？"所以，她在台湾总容易心情不好，待够一段时间就会离开。

这些，母亲是不懂的，即便跟她沟通，也还是无济于事。

母女之间的相处模式，一直就是母亲以自己认为的方式宠爱三毛，三毛以自己的方式挣脱宠爱，因为她不想让这过多的爱和信任变成一种负担和干扰。她说："一个国家社会的基本，还是来源于家庭的基本结构和建立，如果年轻的一代只是'顺'而不'孝'，默默地忍受了上一代的生活方式和观念，一旦我们做了父母的时候，又用同样的生活习惯和思想，自然叫自己的孩子再走上祖父母的那种生活方式，这在理性上来说便是'不孝'了。父母的经历和爱心，是不可否认的事实。在好的一方面，我们接受、学习、回报；在不合时代的另一方面，一定不可强求，闹出家庭悲剧。慢慢感化、沟通，如果这一些都试尽了而没有成果，那么只有忍耐爱的负担和枷锁，享受天伦之乐中一些累人的无奈和欣慰。但是，不能忘了，我们也是'个体'，内心稍稍追求你那一份神秘的自在吧！因为我的父母开明，才有这份勇气，在夜深人静的时候，母亲不再来替我——一个中年的女儿盖被的偶尔自由中，写出了一个子女对父母的心声。"

无疑，三毛与父母的相处模式出了问题，母亲并不懂得女儿内心所需，她只求自己的孩子能吃好睡好，过正常有规律的生活。可是三毛呢，她有自己的思想，想建立属于自己的生活形态。这是时代的悲哀，还是个人的悲哀？三毛是爱父母的，像我们每个人都深爱自己的双亲。因为人注定都会死，三毛愿意说，她爱父母胜于一切，因此向上天请命，如果可以，让父母先去。一切的悲痛，换她这个最没有勇气活下去的人去承受。

可是，造化弄人，这个家最先离去的人，却是三毛。

陈嗣庆说，他太知道他的女儿，从小就是个过分敏感的孩子，但他很难形容三毛的生活状态，只能说：“我想，她一直感到很寂寞吧！”而母亲更难以承受这个噩耗，她当时已经罹患癌症六年之久，为女儿料理完后事即闭门不出，终日以泪洗面，后写就一篇《哭爱女三毛》以慰悼念。

文中回忆了三毛自丈夫荷西走后，就已经陷入对生命不再留恋的精神状态，以及自杀前两天，她住在医院时的所闻所见。她不止一次对母亲说，她看到一群奇怪的小孩在床边跳来跳去。母亲听了不以为然，要三毛不要理会。

最后一次，三毛提起，母亲安慰她说：“那些都是为你祝福的小天使！”可是，这些天使究竟没有带来喜讯，反而带来三毛自杀的噩耗……

是她这位做母亲的不是了，因为问过大夫女儿做的只是一例小手术，对健康影响不大，她便没有在意，忽略了女儿的精神状况。

或许，是三毛给了父母太多的信心，她对母亲说："父母在，不远游"；母亲每次带去的饭，也都乖乖地吃掉；和父母住在一起的时候，也不大给二老找麻烦。天啊，三毛伪装得太好了，以至于谁都没有看出她在强忍住内心深处的那份悲伤。

三毛去世后，母亲缪进兰考虑到《联合报》对女儿生前的文学事业提供了很多帮助，就请求《联合报》来主持她的治丧事宜。按照三毛生前的遗愿，她的遗体被火化，她最终干干净净地离开。

临别的那天，母亲为三毛穿上一件她亲手准备的缀着黄玫瑰的衣衫，那是她最喜欢的花朵和颜色。骨灰，被家人安置在阳明山第一公墓的灵塔。

几天以后，远在上海的张爸爸得知女儿的死讯，这位满头银发的花甲老人抑制不住地失声痛哭，饱蘸泪痕写下悼念爱女三毛的文字："这些天来，我一直陷于神思恍惚、欲哭无泪的状态。才华横溢、情感丰富的三毛走了，这对于我全家是个难以承受的打击，我老伴几乎哭了整整一夜，她不住地追问消息是否确实，为的是想捏住仅存的一线希望。次日清晨，我坐在阳光底下，脑中不住闪现我们父女俩昔日共享天伦之乐的那段美好时光，内心却是一片冰凉。我支撑起虚弱的身子，用无力而又颤抖不住的手极慢地一笔一画，写下'痛哉平儿'……"

三毛自杀的消息迅速席卷香港、台湾各大报纸，一些知名人士和生前好友纷纷撰写文章缅怀。

对于好友突然选择自杀，琼瑶有比较理性的看法，她说：“三毛对生命的看法与常人不同，她相信生命有肉体和死后的灵魂两种形式，我们应尊重她的选择，不用太悲哀。三毛选择自杀，一定有她的道理”；林青霞的看法则比较直观，她说：“三毛的死，不但她的朋友感到难过，也是文化界的损失。她想到找到一个关心自己、可以谈心及工作上的伴侣，可惜一直未能找到理想的对象。对于死去的丈夫，她仍然十分怀念”；倪匡也有自己的事例分析：“三毛没有子女，没有寄托，加以近日电影《滚滚红尘》有褒有贬，对她也产生不小的压力，才会酿成不幸。三毛的自杀，与肉身的病痛无关，最大的可能是来自心灵深处的空虚寂寞。”

在祖国大陆，同样有一群挚爱三毛的朋友纷纷提笔悼念，贾平凹就是其中之一。

说来唏嘘，就在自杀前几天，三毛还写信给他，相约来年春天，她要去祖国大陆看他。三毛称对方是“我心极喜爱的大师”，字也写得极其恭敬，可她怎么写完信才没几天，就走上了自杀的道路……

三毛一生酷爱读书，可惜很少有在此方面能够深谈的朋友，这大抵也是她寂寞的原因之一。她甚至非常渴望，将来能有机会同贾平凹面对面进行交流，因为她认为贾平凹是一位堪称大师级的作家——她说自己在读他的作品时也曾出现胸闷的现象，这种情形，以前只有在翻阅《红楼梦》时有过如此感觉，她还把喜欢的作品反复阅读，“今生阅读三个人的作品，在二十次以上，一位是曹禺，一位是张爱玲，一位是您”。

三毛还说：“相比之下，三毛的作品是写给一般人看的，贾平凹的著作，是写给三毛这种真正以一生的时光来阅读的人看的。我的书，不上您的书架，除非是友谊而不是文字。”

可惜，她用自杀的方式，将她想与贾平凹见面这个愿望亲手送上断头台。

父爱如光，照亮回归的路途

“世界上最难的不是遇到爱，而是遇到了解。”这句话曾让我眼前一亮，鉴于三毛自杀的事情，我想：这世界上最珍贵的不止是在爱情中遇到了解，在其他感情中遇到了解，也同样珍贵非常。

对于女儿自私地选择解脱，父母的内心是悲怆的——他们无法原谅女儿是在身体还算健康的情形下，在她还有至亲要赡养的责任下，就这样毫无眷恋地选择离开这个人世。

如今人去楼空，徒留一道空气聊以伤怀，一些人离开了，我们才会想念。在女儿曾生活的房间，一对花甲夫妻努力地追寻着她的种种过往。

1989年，三毛由祖国大陆回到台北，她同父母相处一段时间后，便任性地留下一封书信再次离开。

虽然这种把戏是三毛常耍的，父母也习惯了不去放在心上。但这一次，父亲似乎察觉到了一丝较之往日不同的气氛，他很慎重地给女儿写去一封回信，后被发表在当期的《皇冠》杂志。信中，他的身份不仅仅是三毛的老父亲，而是尝试站在一个朋友的角度，理解和宽容女儿做出的所有行为，“这三年来，你自动回家与父母同住（1986—1989），放弃了本身在附近购置的小公寓，让它空着，与我们同在一个屋顶下定居，这是你的孝心，我们十分明白，也很谢谢你。可是你的过去，长达二十二年，并没有与我们在一起度过,。你的归来，虽然使我们欢欣，却也给了我们一个考验——是否我、你的母亲跟你，能按生活秩序同步同行地和睦相处？原先，这个家中只有我与你母生活，后来你的加入，其实对我们来说，也产生了巨大的波澜，并不只是你单独一方面在适应，我们也在适应你的出现。”

信中还写出一个父亲对女儿的心疼，“白天，你很少坐在客厅，等我们睡下，却发现你独自一人长久静坐在全然黑暗的客厅中。在平淡的家庭生活中，你没有对于母亲的菜、父亲的言行、手足的来去有过任何意见。二十二年以上的分离，使得现今的你如此自重自爱、自持自守。”

信中，他也写出自己对女儿病情和心理上的疏忽所进行的自责：“为父的我，看了也曾有过一丝惊讶，你也很少有什么情绪化的反应。你在丈夫忌日的那一天，照常吃喝，并不提醒家人一句。现今的你，看上去理智控制感情，却也不失亲切、愉快、温暖。我以为，这以后总是风平浪静了。”

更难得的是，作为三毛最挚爱的父亲，陈嗣庆理解他的女儿，“我——你的父亲，是一个简单的人，你来住，我接受，你要走，其实我也不黯然。只不知，原来你的心里担负着如此沉重对父母痴爱的压力——直到你今晨留书出走，信中才写出了过去三年来，住在家中的感受。以前，你曾与我数次提到《红楼梦》中的“好了歌”，你说只差一点儿就可以做神仙了，只恨父母忘不了。那时我曾对你说，请你去做神仙，把父母也给忘了，我们绝对不会责怪你。你笑笑，走开了。”

父亲解释说，“好了”二字是女儿一生的追求，可惜作为父母，他们却不知晓女儿已经默默地在写了，当字写完的时候，也就是她要离开的时候。最后，父亲说：“山到绝顶雪成峰，平儿、平儿，你何苦要那白茫茫大地真干净。”

听上去似乎是质问的语调，可父亲对三毛更多的却是理解：“平儿，你的决定里有你的主张，为父的我，不会用一切伦理道德亲情来要你背负。在你与我们同住三年之后突然而去，这中间，其实没有矛盾，有的只是你个人的渐悟以及悟道之后行为的实践。让我恭喜你，你终于又是另一个人了。至于你母亲这边，我自会安慰她。这一步，是你生命中又一次大改革，并非环境逼迫，也非你无情，而是你再度的蜕变，却影响到了一些家人。我猜测，这些人和事，你都曾三思——用了三年的时间去思考才做出来的决定。那么，我们也只有尊重你。”

陈嗣庆了解女儿的性格，他要分析弄清女儿为何选择自杀，就不得不思考一个人对生死的看法。他说：“世上一切，有生就有死，任何东西一产生就走向灭亡。世上的东西都在不断地消亡，也没有不散的筵席。这并不是坏事，这是一个过程。人生一世最后撒手而去只表示使命的完成，所以有人把它叫作圆寂。只是世俗的感情把事情弄得复杂了。”

作为父亲甚至说作为一个人，陈嗣庆其实也有过比较“自私”的想法，他说和三毛一样，他也曾幻想甩掉家庭的重担，甩掉为人父的责任，甩掉一切的一切，去过那种自由自在的生活……但终究他还是选择了隐忍和承认，因为他是有女儿的父亲，有妻子的丈夫，有家人要照顾的一家之主。

父亲并不怪罪三毛没有责任感，反而敬佩三毛敢于独自面对前方未知的一切苦难。他当然知道，什么都不顾地出走是一种故作潇洒的自由，可至少不是别人，而是他的女儿——三毛选择承受并且承受住了这番痛苦。孤独，思念，悲伤，这些三毛都轰轰烈烈地闯过来了，他有什么理由不为她骄傲。父亲对三毛说：“在你少年时期，因为你太重情感，我便对你说过——人生至乐，无非情天孽海。人生至苦，亦无非情天孽海。这四字的悲欢，说尽了人一生一切的欲望。而你，你在这至苦至乐的天地之间，都已有付出和回收。以后的路，即使同在一个区域内生活，也是自理了。我知你的出走是为着追寻，将一个人关起来的日子，是你想当然要付出的代价。于是，我只有不许动和不许痛的份儿，这我也可以做到。你父也不是如此没有豁达思想之人。见与不见，顺其自然，人生小事，不失对自己的真诚为上。祝你什么好呢？你已不能再好了。”

正是这样一种父亲对于女儿的理解，生命对于生命的理解，使陈嗣庆得以在三毛去世后，劝慰其他关心她的亲人说：“生命的结束是一种必然，早一点晚一点而已，至于结束的方式就不那么重要了。她的离开是我们人生的一部分，我们只能接受这个事实，三毛的一生高低起伏，遭遇大风大浪，表面是风光的，心里是苦的，幸亏有家人还有很多好朋友的关怀，不然可能她更早就走了。三毛曾经把爱散发给许多的朋友，也得到很多的回报，我们让她好好地安息吧！”

这样一段话，是送给已经离世的三毛的最好的礼物。

每个人生来都是独一无二，每个人都有权利选择自己的路，是生是死，是留下是离开，别人无权干涉你的人身自由，更无权干涉你在每个路口的向左向右。只有你才是你人生的主宰，生命的主人公。

离开的生命或许已经去了天堂，得到那个曾困惑她的答案。这本书写完了，我们也该跟三毛说再见了。那么，就用她在《两极对话》里写给自己的一句泰戈尔的诗文来向她挥手道别吧。

“‘天空没有飞鸟的痕迹，而我已飞过’。这句话对于那个叫三毛的人来说，是一个最好的解释”。

附录：三毛生平年谱

1943年3月26日，三毛出生于重庆黄桷垭。

1946年， 三岁。初识张乐平先生创作的《三毛流浪记》，自此找到一生的归宿；改自己的名字陈懋平为陈平。

1948年， 五岁。随父母经上海迁居台湾，进入台北“中正国民小学”读书。

1954年， 十一岁。进入台北省立女子中学学习。

1955年， 十二岁。初二，因在课堂受辱，辍学回家。

1956年， 十三岁。正式退学，在家开始系统地接触文学、音乐、绘画，性格更加忧郁，第一次尝试自杀，后获救。

1962年， 十九岁。以陈平的名字在《现代文学》发表第一篇作品《惑》，开始受到关注。

1964年， 二十一岁。受中国文化学院创始人张其昀先生邀请，到该校哲学系做旁听生，课业成绩优异；结识初恋梁光明，与之恋爱两年。

1967年， 二十四岁。初恋以失败告终，三毛负气出国，前往西班牙马德里文哲学院留学。结识荷西，并得到对方的热烈追求。

1968年，二十五岁。与荷西分别，独自漫游欧洲各地。

1972年，二十九岁。三毛在故乡台北与一德裔男子相恋，并相约一同步入婚姻殿堂，后因未婚夫心脏病突发离世，黯然神伤，再次折返西班牙，重遇苦恋自己六年的荷西。

1973年，三十岁。在沙漠与荷西结为夫妻，在沙漠时期激发了她的文学才华，创作出一系列以沙漠生活所见所闻的短篇文章，并结集出版。

1976年，三十三岁。夫妇移居大加纳利岛，相继出版《撒哈拉的故事》《雨季不再来》等畅销作品，成为读者心中所公认的女作家三毛。

1979年，三十六岁。跟随丈夫荷西到拉芭玛岛生活。荷西丧生，三毛痛不欲生，回到故乡台湾。

1980年，三十七岁。重返加纳利岛，独自生活。

1981年，三十八岁。决定结束十四年的异国生活，回到台湾定居；11月，在《联合报》赞助下，花费半年时间旅行中南美洲，归来后写成散文集《万水千山走遍》，并担任文化大学老师，主教小说创作和散文习作。

1984年，四十一岁。因身体状况不佳辞掉教职，专注写作。

1986年，四十三岁。卖掉在大加纳利岛的房子，正式回到台湾定居。

1988年，四十五岁。给父亲张乐平写第一封信，由此展开一段特殊的“父女恩情”。

1989年，四十六岁。第一次回到祖国大陆探亲，怀着激动的心情拜访张乐平老先生，了却平生夙愿。

1990年，四十七岁。完成生前第一部也是最后一部中文剧本《滚滚红尘》。

1991年1月4日，四十八岁。三毛用一条丝袜在医院的卫生间，平静地结束了自己的生命。